天氣之子

Weathering With You

新海誠

輕文學
Light Literature

目錄

Weathering With You

序章

妳告訴我的故事

長長的汽笛聲迴盪在下著雨的三月天空，宣告渡輪即將出港。

巨大的船身撥開海水前進的沉重震動，從我的屁股下方傳送到全身。

我的座位在最接近船底的二等艙。往東京的航程有十小時以上，到達時已經是晚上。這是我這輩子第二次搭乘這艘渡輪前往東京。

我站起來，前往爬上甲板的階梯。

「聽說他有前科。」「聽說警察現在還在追緝他。」之所以在學校遭人如此閒言閒語，起因是兩年半前在東京發生的某事件。我不在乎被人說閒話（事實上我也覺得被說閒話很正常），但是，那年夏天在東京發生的事，我沒有告訴島上的任何人。雖然曾片段地提起過，但是真正重要的部分，並沒有告訴雙親、朋友或警察。

我帶著那年夏天的完整回憶，即將再度前往東京。

十八歲的現在，這回是真的為了住在那座城市。

為了再次見到那個人。

每次想到這件事，肋骨內側就會發熱，臉頰開始發燙。我想要早點吹到海風，便加快腳步爬上階梯。

來到甲板上，冰冷的風雨瞬間打在臉龐。我深深吸了一口氣，想要吞下這一切。風雖然仍舊冰冷，不過已經飽含春天的氣息。我終於從高中畢業了——這份感受如同遲來的通知，此刻才傳遞到心中。我把手肘拄在甲板的扶手上，望著逐漸遠去的島嶼，然後將視線轉向颳著風的天空。放眼所及，飄舞著無數的雨滴。

這一瞬間，突然全身冒起雞皮疙瘩。

又來了，我不禁用力閉上眼睛。雨點打在一動也不動的我身上，耳中持續聽見雨聲。這兩年半一直下著雨。就如同屏住氣息也無法消除的脈動，就如同緊緊閉上仍無法完全遮蔽光線的眼瞼，就如同不論怎麼安撫都沒有片刻沉默的心。

我緩緩吐氣，張開眼睛。

雨。

黑色海面宛若在呼吸般起伏，無盡地吸入雨水。這幅景象簡直像是天空和大海同謀，惡作劇地想要升高海面。我感到害怕，打從心底顫抖，覺得好像要被撕裂，變得七零八碎。我緊緊握住扶手，從鼻孔深深吸入空氣，然後像平常一樣想起那個人——想起她的大眼睛、豐富的表情、不斷轉換的語調、綁成兩條馬尾的長髮，然後心想：不要緊，有她在。她生活在東京。只要有她在，我就能確實地與這個世界連結。

「——所以別哭了，帆高。」

那天晚上，她對我這樣說。當時我們逃入池袋的飯店，打在天花板上的雨聲彷彿自遠處傳來的鼓聲。相同的洗髮精香氣、她好似包容一切的溫柔聲音、在黑暗中散發蒼白光芒的肌膚——這一切是如此鮮明，讓我忽然覺得，自己好像仍舊置身於那間飯店裡。或許事實上，我只是像偶爾產生的既視感般，正想像未來的自己搭乘渡輪的身影，昨天的畢業典禮和這艘渡輪都是錯覺，真正的我現在仍舊在那間飯店的床上。然後早上起床時，雨已經停了，她就在我旁邊，世界依舊和以往相同，不變的日常生活會重新開始。

尖銳的汽笛聲響起。

不對，不是那樣。我確認扶手的鋼鐵觸感、確認潮水的氣味、確認海平線上即將消失的島影。不對，現在不是那天晚上，那已是很久以前的事了。隨著渡輪搖晃的自己，才是此刻真正的我。我盯著雨水心想：好好思考吧，從頭開始想。在與她重逢之前，我必須理解發生在我們身上的事情。不，即使無法理解，至少也要徹頭徹尾地思考。

我們究竟發生了什麼事？我們選擇了什麼？而我接下來應該對她說什麼？

一切的肇端——沒錯，應該就是那一天。

就是她最初目擊到那幅景象的日子。她對我說過的那天發生的事，就是一切的開始。

當時她的母親已經好幾個月沒有醒來了。

小小的病房中，充斥著生理監視器規律的電子聲、呼吸器「咻～」的運轉聲、以及執拗地打在窗上的雨聲。另外還有長時間收容病人的病房獨特的、與外界隔離的靜止空氣。

她坐在床邊的圓椅子上，握住母親變得瘦骨嶙峋的手，望著母親的氧氣罩規律地蒙上白濁霧氣，又看著母親一直低垂的睫毛。她感到快要被不安壓垮，心中只能不停祈禱：希望母親能夠清醒。希望一陣強風就如危急時刻出現的英雄般，把憂鬱、擔心、烏雲等陰暗沉重的東西都吹走，讓一家三口能夠再度展露笑顏，走在晴空之下。

這時，她的頭髮忽然飄了起來，耳邊聽到些微的水聲。

她抬起頭，看到在明明緊閉的窗戶前方，窗簾微微搖晃。視線被窗玻璃外的天空吸引，陽光不知何時照了下來。雨依舊下得很大，但雲層出現小小的縫隙，從那裡射出一道細細的光線，照亮地面上的一點。她凝神注視，看到在填滿視野的密密麻麻建築群中，只有一棟大樓的屋頂在發光，宛若站在聚光燈下的演員。

她彷彿聽見有人在呼喚，想也不想就從病房衝出去。

那是一棟廢棄大樓。周圍的建築都嶄新亮麗，只有那棟住商混合大樓彷彿被時間遺忘，腐朽成褐色。大樓的周圍貼了好幾塊生鏽褪色的招牌，上面寫著「撞球」、「五金行」、「鰻魚」、「麻將」等。隔著透明傘往上看，陽光的確照射在這棟大樓的屋頂。她探頭看到大樓旁是一塊小小的停車場，停車場中有一座生鏽而變得破爛的逃生梯延伸到屋頂。

——簡直就像光的水窪。

她爬到階梯盡頭，看到眼前的景象，不禁目瞪口呆。

扶手包圍的屋頂大約有二十五公尺水道游泳池的一半大小，地板磁磚碎裂，地面被綠色雜草覆蓋。在最後方，宛若被雜草環抱一般，悄悄矗立著小小的鳥居。從雲間透下的光線直射這座鳥居。朱色的鳥居在陽光的聚光燈下，和雨滴一起閃閃發光。在雨水弄得混濁的世界中，只有那裡是鮮明的。

她緩緩走在屋頂上，朝著鳥居前進。每一步踏在飽含雨水的夏季雜草上，就會聽到柔軟的沙沙聲、感受到舒適的彈力。隔著雨水形成的帷幕，依稀可以看到白茫茫的好幾棟高樓景色。附近或許有鳥巢，處處聽得到鳥叫聲。在這當中，宛若來自另一個世界般，隱約摻雜著遠處山手線的聲音。

她把傘放在地上，冰冷的雨水滑過她的臉頰。

鳥居後方有一座小小的石頭祠堂，周圍盛開著紫色的小花。兩隻盂蘭盆節裝飾用的精靈馬〈註1〉埋身在小花之間，不知是誰放的。那是插了竹籤的小黃瓜和茄子做成的馬。

她幾乎是下意識地合掌，並且強烈地祈禱雨停，緩緩閉上眼睛，邊祈禱邊穿過鳥居。她希望母親能夠醒來，再度一起走在晴空底下。

穿過鳥居時，空氣突然變了。

雨聲頓時中斷。

她張開眼睛——發現自己位在晴空的正中央。

她置身於天空中很高的地方，受到強風吹拂——不，她正以飛速墜落。周圍迴旋著不曾聽過的低沉深邃風聲。她吐出的每一口氣息都凍結成白色，在深藍色當中閃閃發光。然而，她並不感到恐懼。這種感覺像醒著作夢一般奇妙。

俯瞰腳下，飄浮著好幾片宛若巨大花椰菜的積雨雲。每一朵想必都有好幾公里大，彷彿是壯麗的空中森林。

她突然發覺到雲的顏色在變化。與大氣接觸、宛若平原般平坦的雲層頂端，開始出現一塊塊的綠色。她看得目瞪口呆。

那簡直就像草原。在從地面上絕對看不到的雲層頂端，沙沙作響的綠色不斷出現又消逝。在那周圍，定睛一看才發現群聚著類似生物的細小東西。

「……魚？」

繞著幾何形狀的漩渦緩緩盤旋的群體，看起來簡直就像魚群。她邊墜落邊凝視，無數的魚游在雲朵上方的平原。

這時，她感覺到有東西碰觸指尖，驚訝地檢視自己的手——果然是魚。身體透明的小魚宛若有重量的風一般，穿過她的指縫與髮絲間。有的搖擺著長長的魚鰭，有的像水母一樣是圓形的，有的像青鱂魚般細小。各種形狀的魚透著太陽光線，如稜鏡般閃耀。轉眼間，她就被空中魚群環繞。

天空的藍色、雲朵的白色、沙沙作響的綠色，還有七彩的魚群。她所在的地方是不曾聽過也不曾想像過的奇妙而美麗的空中世界。不久，覆蓋在她腳下的烏雲散開並且消失，下方出現一望無際的東京街景。每一棟大廈、每一輛汽車、每一片窗玻璃都沐浴在陽光下，驕傲地閃耀著。她乘著風，緩緩降落在雨水洗滌後煥然一新

〈註1〉精靈馬是日本盂蘭盆節的供品之一，在茄子、小黃瓜等插入四根竹籤當作牛馬，代表祖先的靈魂往返於人世與陰間時乘坐的交通工具。

的街道上。全身上下逐漸盈滿奇特的一體感，可以憑化為言語之前的感覺理解到自己是這個世界的一部分。自己是風、是水，是藍色、是白色，是心靈也是祈禱。奇妙的幸福與哀戚擴散到全身，然後緩緩地，就好像深深陷入棉被般，她的意識消失了——

「當時我看到的那幅景象，也許全都是一場夢。」她曾經對我這麼說。

然而我們現在已經知道，那不是夢。在那之後，我們會一起看到相同的景色。

那是沒有人知道的空中世界。

和她一起度過的那年夏天。

我們在東京的天空上方，徹底改變了世界的樣貌。

第一章

踏出離島的少年

姑且先在網路上問問吧。

我用智慧型手機打開「Yahoo! 奇摩知識＋」，不由自主地環顧四周，然後輸入問題。

我是高一男生，想要在東京都內找到薪水好的兼差工作。有沒有不需要學生證也能打工的地方？

嗯……這樣不知道行不行？我有預感會在殺氣騰騰的網路世界遭到圍剿，不過利用搜尋能夠得到的資訊也有限，又沒有其他人能夠依靠——就在我要按下「送出」鍵的時候，船內響起廣播：

『海面上即將下起豪雨。為了安全起見，甲板上的乘客請回到船內。重複一次，海面上即將……』

「太棒了！」我小小喊出聲，心想現在搞不好可以獨占甲板。我已經開始厭倦坐痛屁股的二等艙。在其他乘客回來之前，先到甲板上眺望下雨的瞬間吧。我把手機收到牛仔褲的口袋，快步跑向階梯。

前往東京的這艘渡輪有五層。二等艙船票雖然便宜，不過位在最底層，引擎聲很大，而且得跟大家一起睡在榻榻米上。我斜眼瞥了感覺很舒適的一等艙，爬了兩層室內階梯，來到沿著船身外壁的通道上。這時原本在甲板上的人剛好成群回來。

「又要下雨了。」

「好不容易才放晴耶。」

「最近的夏天好奇怪，老是在下雨。」

「島上也一直颳颱風。」

眾人七嘴八舌地抱怨。我邊低頭說「不好意思」，邊逆著人潮沿著狹窄的通道向前走。

爬完最後一段階梯來到甲板上，一探出頭，強烈的風便拂過我的臉。寬敞的甲板在陽光中閃耀，這裡已經沒有任何人。甲板中間矗立著塗成白色的柱子，宛若指著天空的箭頭。我懷著興奮的心情走在無人的甲板上抬頭仰望天空，灰色的雲轉眼間就覆蓋晴空，雨點滴落在額頭上。

「……來了！」

我忍不住大叫。從天空同時落下的無數雨滴映入眼中，緊接著聽見轟然巨響，降下大顆的雨點。先前還陽光普照的世界，轉眼間就被塗抹成水墨畫的單色調。

「太酷了！」

歡呼聲也被雨水的巨大聲響淹沒，連自己都聽不見。我越發高興了。頭髮和衣服都淋濕而變得沉重，連肺部都充滿濕氣。我想都沒想就開始奔跑，像是要用頭去頂天空般奮力跳起來，像是要製造漩渦般張開雙手旋轉。我張大嘴巴喝雨水，到處亂跑，用盡全身力量大聲吼出一直封閉在內心的話。這些話語全都被雨水沖走，沒有人看見、沒有人聽見。胸口湧起溫熱的情感。偷偷逃出離島之後過了半天，我總算打從心底獲得解放。

我氣喘吁吁地仰望雨水。

——此刻在我頭上的，與其說是雨，不如說是大量的水。

我不禁懷疑自己的眼睛。彷彿將巨大游泳池翻過來的驚人水量從天而降，形成螺旋狀，簡直就像一條龍——我剛這麼想，隨著「轟！」的劇烈衝擊，我被擊倒在甲板上。彷彿置身瀑布底下，背上持續遭到沉重的水流打擊。渡輪發出吱嘎聲大幅搖晃，我剛想「糟了」，身體就沿著甲板滑落。渡輪傾斜得更厲害，我邊滑邊伸出手想要抓住某個地方，卻沒有任何可以抓的地方。不行，要掉下去了——這個念頭冒出的瞬間，有人抓住我的手腕。滑動的身體頓時停下來，傾斜的渡輪緩緩恢復原狀。

「啊……」我總算回過神來。「謝謝……」

剛剛的時機簡直就像動作電影般千鈞一髮。我抬起視線看抓住我手腕的人，那是一個留著鬍碴、身材瘦瘦高高的中年男子。男人笑了一下，把我的手放開。太陽再度露臉，照射在他身上刺眼的紅色襯衫。他用一副好像在說「隨便，無所謂」的滿不在乎口吻喃喃說道：

「剛剛的雨還真誇張。」

的確很誇張，我第一次碰上那麼激烈的雨。雲層之間射下好幾道光線。

我聽過這首曲子，這是一首古典樂，好像是……某個老遊戲的背景音樂。遊戲內容是操控企鵝滑過冰面去抓魚。對了，冰面上有時會出現洞穴，從洞裡鑽出海豹或海狗妨礙企鵝。如果沒有抓準時機跳起來，企鵝就會被絆倒。

「喂，這個滿好吃的耶！」

我抬起頭，坐在餐桌對面的中年男子喜孜孜地大啖南蠻雞定食。他穿著鮮豔醒目的紅色緊身襯衫，瘦削的臉上有一雙鬆弛般下垂的單眼皮細眼睛。沒刮乾淨的鬍碴和隨興捲起的髮型，看起來就是一副無拘無束的風格，很符合我印象中東京（有點壞壞的）大人的形象。男人大口吃飯，發出「滋滋滋」的聲音喝下豬肉湯，用免洗筷夾起雞肉。厚厚的肉沾滿塔塔醬，吸引我的目光。

「少年，你真的不要嗎？」

「不用了，我不餓。」

我擠出笑臉這樣回答時，肚子剛好咕嚕咕嚕叫。我不禁臉紅，但男人似乎毫不在意，嚼著肉說：

「哦，這樣啊。真不好意思，還讓你請客。」

我們在渡輪的餐廳面對面而坐，但只有紅襯衫的男子在享用豪華午餐。我努力把注意力集中在餐廳播放的音樂，想要忘記空腹。先前我為了感謝他救我，主動說要請客，但是他也沒必要選店裡最貴的料理（一千兩百日圓）吧──我從剛剛就一直這麼想。大人在這種時候，不是應該會適度表示客氣嗎？我原本決定一天的餐費最多五百日圓，結果第一天就出現大赤字……我在心中碎碎念，不過表面上仍舊擺出禮貌的態度。

「別這麼說。你在危急的時候救了我，我當然應該──」

「就是嘛！」

我還沒說完，紅襯衫男子就搶先回答。他用免洗筷指著我說：

「你剛剛真的很危險……啊。」

他瞪著空中，露出嚴肅的表情陷入沉思，接著緩緩展露滿面笑容。

「這是我第一次成為別人的救命恩人呢。」

「哦……」我有不好的預感。

「這裡好像也有賣啤酒吧？」

「……我去買吧？」

我放棄一切抵抗，站了起來。

黑尾鷗齊聲發出「喵～喵～喵～」的叫聲。

我坐在渡輪的通道上，一面小心翼翼地啃著做為晚餐的營養棒，一面呆望著在伸手可及的距離自由飛翔的海鳥。

「沒想到會被大人勒索……」

生啤酒竟然要價九百八十日圓。我心想，太過分了吧？貴到有點超乎現實。離家出走的第一天，我就為了素不相識的大叔花了四天份的餐費。東京好可怕——我感觸良深地喃喃自語，把吃完的營養棒袋子塞入口袋，又從口袋裡拿出手機，重新開啟「Yahoo! 奇摩知識＋」，送出先前的問題。不論如何我都迫切需要打工。拜託，給我最佳解答吧！

雨滴打濕了手機畫面。我抬起頭，看到雨又下了起來。隔著雨點，可以看到開始點燈的東京夜景。彩虹大橋在色彩繽紛的燈光照明下，宛若遊戲片頭標題般緩緩接近。在這個瞬間，我心中對於陌生大叔的不耐煩及對於金錢的不安都消失得一乾二淨。終於來了。我興奮地顫抖。我終於來了。從今晚開始，我就要住在那座光輝燦爛的城市。我太期待即將在那座城市遇到的所有事情，心跳不自覺地加快。

「——少年，原來你在這裡。」

突然聽到的悠哉呼喚，讓激動的心情頓時像消了氣般萎縮。我回頭，看到紅襯衫男子出現在通道上。「總算到了。」他懶洋洋地轉動脖子，看著街燈。

「你是那座島上的孩子吧？來東京做什麼？」

他來到我旁邊問。我感到緊張，不過還是說出預先準備好的台詞：

「呃，我要去親戚家玩。」

「平日去玩？不用上學嗎？」

「呃，這個，我們學校提早放暑假……」

「哼哼～」

為什麼要奸笑？紅襯衫男子像是看到稀奇的昆蟲般，毫無顧忌地盯著我的臉。我避開他的視線。

「如果在東京遇到什麼麻煩——」他邊說邊遞給我小紙片。是名片。我反射性地收下來。

「隨時跟我聯絡吧，別客氣。」

名片上印的是「K&A企畫有限公司　CEO　須賀圭介」。我看著這些文字，在心中回答：「誰要跟你聯絡！」

接下來的幾天內，我不知道說了多少次「東京好可怕」。我不知道被不耐煩地啐了多少次、流了多少次冷汗、因為羞恥而臉紅多少次。

城市龐大、複雜、難解而冷酷。我在車站迷路，坐錯電車，不論走在哪裡都撞到人，問路也得不到回答，明明沒有向對方開口卻被莫名其妙的推銷人員糾纏，除了便利商店以外不敢進任何店鋪，看到穿制服的小學生獨自轉乘電車而驚訝，然後每次都為了這樣的自己想哭。為了尋找兼差工作好不容易抵達新宿（我沒來由地覺得東京的中心就是新宿），卻遇到突來的豪雨淋成落湯雞。我想要淋浴，鼓起勇氣進入漫畫咖啡廳，被店員不耐煩地斥責別弄濕地板。即使如此，我還是決定先以這家漫畫咖啡廳為生活的據點。我在有些酸臭味的包廂，用電腦搜尋兼差工作，卻找不到「不需身分證」的招募條件。原本寄望的「Yahoo!奇摩知識＋」的回答幾乎都是「不要小看工作」、「該不會是離家出走（笑）」、「這樣違反勞基法，去死吧」等等。在這些咒罵當中，也看到「如果是色情業的服務生就不需要身分證」的情報，於是拚命搜尋到幾家店預約面試，然而實際去面試時卻被看起來像流氓的年輕男子怒叱：「沒有身分證怎麼可能僱用你？你看不起我們的店嗎？」害我差點哭著逃回來。事實上，因為太可怕了，我真的掉了一點眼淚。

就這樣，不知不覺中，轉眼間就過了五天。

不行。這樣下去不行。我在漫畫咖啡廳狹小的包廂中，看著代替帳簿的筆記本。這裡的過夜方案一晚兩千日圓，加上其他交通費和餐費，我在離開島上之後已經花了兩萬日圓以上。一個星期前，我還覺得五萬日圓的離家出走經費幾乎像是無限大的金額，現在不禁為自己當時的淺薄無知生氣。

「好，決定了！」我說出口，然後闔上筆記本，打算背水一戰。我把包廂內散落的行李都塞入背包裡，準備撤離這家漫畫咖啡廳。得節省才行，在找到打工前就不住宿了。現在是夏天，在外面睡個兩、三天應該不成問題。我趁自己的決心還沒有動搖前，快步走出漫畫咖啡廳。在我身後，店內的壁掛電視以事不關己的口吻報導說：『局部豪雨的發生次數已大幅超越觀測史上最多的去年，到七月預期會更加頻繁。外出時，不只是山上或海邊，即使在市區也必須特別注意——』

可以躲雨又能夠度過一晚的地方——譬如公園的涼亭或高架橋下，都已經有人先占據了。我把放入所有財產的沉重背包背在雨衣底下，已在街上徘徊兩個小時以上。可以舒舒服服待很久的百貨公司、書店、唱片行，過了晚上九點就打烊。不論是車站內或家電量販店內，只要坐在牆邊，立刻會有警衛過來詢問，因此我只能在路邊尋找棲身之處，卻一直找不到適當的地方。而且離車站太遠會讓我不安，結果只能在同樣的地方繞圈子，也因此我已是第四次穿過燈飾華麗的歌舞伎町牌樓下方。差不多已經走累了，腳也很麻，雨衣內因為悶熱而冒汗，非常不舒服，肚子餓到了極點。

「可以跟你談談嗎？」

突然有人拍我的肩膀，回過頭，看到警察站在面前。

「你剛剛也走過這一帶吧？」

「咦……」

「這麼晚了為什麼還在這遊蕩？你是高中生嗎？」

我的臉色變得蒼白。

「喂，別跑！」

我還來不及思考就拔腿奔跑，聽到背後傳來怒吼聲。我沒有回頭，全力在人潮中奔跑，每次撞到人就會聽到怒叱：「很痛耶！」「別開玩笑！」「別跑，小鬼！」我衝過巨大的電影院旁，幾乎本能地朝著路燈較少的地方跑。不久之後，人聲逐漸變得遙遠。

喀啷——蜷縮成一團的我聽到空罐滾動的細微聲音，抬起頭來。

昏暗當中，有一對綠色圓眼珠在發光，眼前是一隻瘦弱、毛色不佳的小貓。這裡是稍微遠離大馬路的場所，有一排屋簷低矮的長屋風格樓房。好幾家已經熄燈的餐飲店排成一列，入口都沒有門。我坐在其中一家店的狹小入口，不知何時昏昏沉沉地睡著了。

「貓咪，過來吧。」

低聲呼喚後，便聽到沙啞的「喵～」聲回應。總覺得好像睽違很久總算進行了真正的對話，光是這樣就讓我鼻子發酸。我從口袋拿出最後的營養棒，折了一半給小貓，小貓把鼻尖湊過來確認氣味。我把營養棒放在地上，牠便像道謝般短暫地看了我一眼，然後開始狼吞虎嚥。這是一隻宛若從黑夜切割出來的漆黑小貓，只有鼻子周圍和腳尖是白色的，彷彿戴了口罩、穿了襪子。我邊望著小貓，邊把剩下的營養棒放入嘴裡，緩緩咀嚼。

「……東京真可怕。」

專心吃東西的小貓沒有回答。

「不過我不想回去……絕對不想。」

說完，我再度把臉埋在雙膝之間。小貓咬東西的細微聲音、雨水打在柏油路上的聲音、以及遠處救護車的警笛聲混在一起傳入耳中。持續走路造成的腳痛總算甜蜜地融化，我再度陷入淺眠當中。

——啊！有人！什麼？真的耶！討厭，他是不是在睡覺？

……這是夢？不對，有人在我眼前——

「喂！」

粗厚的聲音從頭上傳來，使我立刻清醒過來。金髮、穿耳洞、身穿西裝的男人以冷淡的眼神俯視我，原本昏暗的入口不知何時已經點亮了燈。男人身旁站了兩名穿著大幅裸露肩膀和背部的女人。小貓不見蹤影。

「你找我們的店有事嗎？」

「很、很抱歉！」

我連忙站起來，低著頭想要穿過男人的旁邊時，身體突然失去平衡。男人用腳尖踢了我的腳踝。我瞬間抓住自動販賣機的垃圾桶，結果連同垃圾桶摔到雨水淋濕的柏油路上。垃圾桶的蓋子脫落，空罐發出很大的聲音滾落到馬路上。

「喂，不要緊嗎？」其中一名女人問。

「別管他。」金髮耳洞男摟住她的肩膀。「關於剛剛的話題，我們這家店保證能賺更多。進去裡面聽我說明吧？」

金髮耳洞男說完，看也不看我一眼，半推著兩名女子進入建築裡。

「這是怎麼搞的？真礙事！」

一對情侶不耐煩地刻意咂舌，踢著空罐走過坐在馬路上的我旁邊。

「對不起……」

我連忙把垃圾桶放回原位，匍匐在濕濕的地面，拚命撿拾散落一地的空罐。垃圾不只有空罐，還摻雜著空便當盒和廚餘。路人毫不掩飾嫌惡的態度。我很想儘快離開這裡，但是要離開就得趕快收拾。我連濕掉變軟的炸雞和吃剩的飯糰都拚命用手抓起來。眼中自然而然泛起淚水，混著雨水滑落臉頰。

這些垃圾當中，有一個拿起來格外沉重的紙袋，大小大約有精裝書那麼大，用牛皮膠帶層層包起來。

喀鏘——

撕開布製的牛皮膠帶，濕透的紙袋便破了洞，裡面的東西掉到地板上。沉重的金屬聲響徹店內，我連忙把手伸向腳邊。

「咦？」

這東西看起來像槍。我連忙一把抓起它，塞進背包裡。冰冷且不祥的觸感留在手上。我環顧周圍。

這裡是一間深夜營業的麥當勞，座落在私鐵車站和柏青哥店之間，距離我原本住宿的漫畫咖啡廳也很近，是我已經來過好幾次的熟悉場所。最後一班電車的發車時間已經過了，店內的客人很少，幾乎所有人都默默無言地低頭滑手機，在聊天的只有兩名一起來的女性客人。「只有我越來越喜歡他……那個人基本上都已讀不回……」女人之間這樣的對話，在壓低的交談聲中聽起來格外嚴肅。沒有人看向我這裡。

我鬆了一口氣。

「一定是玩具。」我像是要說服自己般說出口。

先前整理完空罐後，我在公共廁所仔細把手洗乾淨，然後想到這家店就過來了。只點一杯濃湯大概沒辦法撐到早上，不過，在有力氣走到外頭之前，我想要待在至少可以安心的場所。

我重振精神，把抬起的屁股坐回椅子上，然後摸索牛仔褲的口袋，拿出皺成一團的小紙片放在桌上。

「K&A企畫有限公司　CEO　須賀圭介」。

紅襯衫男子在渡輪給我的這張名片上，用小字印著地址：東京都新宿區山吹町。新宿區？我在Google 地圖輸入這個地址，發現從目前所在地前往的路徑是搭乘都營巴士二十一分鐘，比預期的近多了。

我用雙手捧著濃湯的紙杯，珍惜地啜飲最後一口。窗外巨大的街頭電視被雨淋濕而發光。歌舞伎町的喧囂宛若從耳機漏出來的聲音，隔著窗戶隱約傳來。我思索著：就算造訪這個地址，又能得到什麼好處？CEO是指公司老闆吧？可以請他替我介紹兼差工作嗎？不過，會勒索高中生請他吃飯的人，很難想像他開的公司會有多正派。不過等一下，他好歹是社長，應該還算有錢吧？可是那時候卻要我支付兩千一百八十日圓的餐費！到現在我才感到憤怒——我竟然請社長吃飯！南蠻雞定食就當作是必要的謝禮算了，但是九百八十日圓的啤酒費實在太不合理。也許我應該說明事由，至少向他討回這筆錢？雖然有點丟臉，可是到這個關頭，也顧不了那麼多了吧？那個人如果了解我的困境，或許會很願意還錢。

可是——我趴到桌上。

那樣實在太窩囊了。基本上，他救了我是事實，啤酒也是我自己主動說要請他的。我是為了做那麼卑賤的事情來到東京的嗎？沒有錢、沒有棲身之處、沒有目的，忍受著幾近疼痛的空腹，到底在這裡做什麼啊？我是對東京抱持著什麼期待而來的？

那一天，我為了抵消挨揍的疼痛，瘋狂踩著腳踏車的踏板。那天島上也下著雨，天上飄著厚厚的烏雲，不過從雲層縫隙射出好幾道光線。我當時正追逐著光線。我想要追上光線、進入光線中，因此拚命騎腳踏車奔馳在沿海的道路上。就在我以為追到了的瞬間，腳踏車卻已經到達懸崖邊緣，陽光飄向大海的另一端。

總有一天，我要進入那道光裡——當時的我下了這樣的決定。

突然，不知從何處吹來微風，稍稍晃動頭髮。

這不是冷氣的風，而是真正的風，感覺像是從遙遠的天空帶來青草氣息。可是為什麼會出現在這種地方？

我從餐桌抬起頭，眼前擺了一個大麥克的盒子。

我驚訝地回頭。

一名少女站在那裡。她穿著麥當勞的制服：深藍色襯衫、黑色圍裙，綁著雙馬尾的嬌小頭上戴著灰色報童帽。她的年紀大概和我相仿，黑眼珠居多的大眼睛像在生氣般俯視著我。

「呃，這個……」我想要表達自己沒有點餐。

「這個給你，別說出去。」她的聲音很小，宛若小花的香氣。

「咦？可是為什麼……」

「你連續三天的晚餐都只有那個吧？」

少女看著我的濃湯，以斥責的口吻說完就小跑步離開。

「等一下……」

我正想要說話，她突然回過頭，就像在我要說的話上方溫柔地蓋上蓋子，原本緊閉的嘴唇忽然綻放笑容，發出「呵呵」的短促笑聲。這一瞬間，我覺得陽光彷彿從雲層之間灑下，周遭的景象因此塗上顏色。少女沒有說話，再度轉身，迅速跑下階梯。

「……」

我大概發呆了足足十秒鐘的時間，接著突然恢復清醒。大麥克的盒子端坐在餐桌上，就像特別的禮物。一打開盒子，香噴噴的肉味撲鼻而來，厚厚的麵包也柔軟地鼓起來。我拿起漢堡，感覺沉甸甸的。亮晶晶的起司和生菜從牛肉漢堡排之間露出來。

在我十六年的生涯當中，這無疑是最美味的晚餐。

「討厭，快要到公車站了！下次什麼時候還能再見面？」

「這個嘛，後天怎麼樣？雖然有練習，不過下午我有空。」

「太棒了！就去我在 Tabelog〈註2〉找到的咖啡廳吧。有一家店我很想去，乾脆先預約好了！」

坐在下午的都營巴士上，我的耳朵從剛剛就聽到甜蜜的對話。聲音是從後座傳來的，不過我總覺得不好意思回頭，只能望著車窗。我凝視著水滴形成複雜圖形往後流動，想著情侶之間原來真的會進行這樣的對話，內心感到莫名佩服。之前我無法理解美食ＡＰＰ的需求，沒想到都市人真的會看 Tabelog 之類的，而且去咖啡廳竟然要特地預約。我把視線移向手機。標示目前所在地的藍點緩緩接近豎著紅色旗子的目的地。距離目的地還有十分鐘，我開始感到緊張。

「叮咚～」車上的鈴聲響起，駕駛座旁邊的螢幕顯示「下一站停車」。我聽見愉快的聲音說：「佩，拜拜！」看到下車的短髮女孩身影，不禁大吃一驚。她背著印有「交通安全」的書包，還只是個小學生。天啊，不會吧？東京果然很厲害，就連小學生也在看 Tabelog。

「啊，好幸運！」

〈註2〉　日本的美食評價網站，由網友提供餐飲店資訊與評價。

彷彿交棒一般，又有一名長髮小學女生上了巴士。「凪，我就知道會遇見你！」她邊說邊高興地跑向後方座位，我的視線也不自覺地追隨她的身影。

「哇！」

穿著短褲、翹著二郎腿坐在後座的，是個怎麼看都只有十歲左右的小學男生。「嗨，香菜。」他朝著跑過來的女生優雅地揮手，笑咪咪地以護花使者的姿態接過她的書包。這個男生留著短鮑伯頭，髮絲柔順，有一雙細長的眼睛，年紀小小的五官就很端正，感覺頗有王子氣質。他該不會在每一站都有女朋友吧？車子開動，我也把視線拉回來。從背後傳來親密的談話聲。

「咦？香菜，妳捲頭髮了嗎？」

「看得出來嗎？嗯，只有稍微捲一下。今天都沒有人注意到，不愧是凪！你覺得怎麼樣？適合我嗎？」

「很適合！超可愛的。看起來有點成熟，像國中生一樣。」

「呵呵呵。」小女生發出連我都覺得心癢癢的愉快笑聲，讓我有種無地自容的感覺。才念小學就有大概不只一個女朋友，而且女方還會主動預約 Tabelog 上的咖啡廳。厲害的人天生就很厲害，這就是所謂的文化資本嗎？

東京實在太厲害了——我邊喃喃自語，邊在目的地的停靠站下車並撐起傘，盯著 Google 地圖，走在懷舊風格的商店街上。依照 Google 地圖的指示往右轉後，街上的氣氛突然變了。坡道上接連出現幾家印刷公司，雨水中摻雜著些許墨水氣味。

「……應該是這裡沒錯吧？」

我來到名片上的地址，看到的是宛若老舊商店的小型建築。外面掛著典型昭和風格的帆布招牌，以快要消失的文字寫著「酒吧」。我再次比對名片的地址與 Google 地圖。地址沒錯。仔細看帆布招牌，店名處處以牛皮膠帶遮蔽。由於布面、文字和牛皮膠帶都有同樣程度的磨損，因此乍看之下沒有發覺，不過看來這裡現在不是酒吧了。路肩的柵欄綁著生鏽的牌子，標示著「K&A企畫有限公司」。公司名稱的旁邊畫了朝下的箭頭。我俯視腳邊，看到那裡是半地下室的構造，在狹窄的水泥階梯盡頭有一扇門。

看來公司果然在這裡，但是我仍舊裹足不前。這裡看起來很可疑，而且完全不像有錢的樣子。什麼CEO嘛！但話說回來，我已經無路可走了。

我下定決心收起傘，走下寬度不到一公尺的階梯。

喀吱。

明明按了門鈴，卻聽不到任何聲音。

我把耳朵貼在門上，再次按了門鈴，但還是沒聲音。壞掉了嗎？我敲了敲門，沒有回應；試著轉動門把，門竟然很簡單就打開來。

「有人在嗎？我是剛剛打電話來的森嶋！」

我窺探室內。幾個小時前，我打電話到名片上的號碼時，紅襯衫本人跟我說他會等我，叫我現在過來。我戰戰兢兢地踏入室內，進去之後馬上看到小吧檯，然而周圍雜亂地堆放著書本、文件、紙箱等，另外還有酒瓶、外送食品的傳單、衣服等散落在各個角落，很難判斷這裡是店家、住宅還是辦公室。整間房間都瀰漫著「隨便、無所謂」的空氣。

「須賀先生在嗎？」

我稍微往前走，看到以珠簾隔開的房間裡有一張沙發，上面的毯子包裹著鼓起來的東西。

「須賀先生？」

沒有穿襪子的白皙長腿從沙發伸出來。走近一看，腳趾甲塗成亮晶晶的淺藍色，腳上穿著鞋跟很高的厚涼鞋。我探頭看這個人的臉，是個年輕女性，髮絲柔順的長髮蓋住了臉，聽得見細微的睡眠呼吸聲。

「須賀……先生？」

我雖然知道不可能是他，卻無法從這個女人身上移開視線。她穿著很短的牛仔短褲，從頭髮之間窺見的睫毛就好像漫畫人物般很長。紫色細肩帶上衣的胸口隨著呼吸緩緩上下起伏。我慢慢蹲下來，視線剛好來到胸部的高度。

「……不行，這樣太惡劣了。」

我恢復理智，移開視線，就在這時候聽見聲音：

「啊，早安。」

「哇啊啊啊！」

我不禁尖叫並站直。不知何時，女人已經張大眼睛。

「呃，那個，很抱歉！我是……」

「啊～我聽小圭說過。」女人抬起上半身，以很乾脆的態度開口。「他說有新的助理要來。」

「咦？可是我還沒有——」

「我叫夏美，請多多指教。真棒，終於可以從雜務解脫了！」

女人說完，很舒適地伸懶腰。仔細一看，她是個皮膚白皙的大美女，身材高挑、豐滿性感，五官端正、閃亮耀眼，簡直像是電視或電影裡面的人物。

「喂喂，少年。」自稱夏美的女人背對著我說話。

吧檯後方是個五坪大小的客廳，看來似乎就是這家公司的辦公空間。我坐在椅子上，從剛剛就望著在小廚房準備飲料的夏美的肩胛骨。

「什麼？」

「我說啊～」

「嗯。」

「你剛剛看了我的胸部吧？」

「我沒有看！」

我因為緊張，聲音變得格外尖銳。夏美愉快地哼著歌，在我面前放了一杯冰咖啡。

「少年，你叫什麼名字？」夏美坐在我對面，用清脆的聲音問。

「森嶋帆高。」

「帆高？」

「呃，就是帆船的帆，高度的高……」

「哦，這個名字很迷人嘛！」

我感到心跳加速。這輩子大概是第一次聽到「很迷人」的評語。

「請問妳是這家公司的人嗎？」

「嗯？你想問我跟小圭的關係？」

我想起須賀先生的名字好像是圭介。

「呃……是的。」

「超好笑的！」

咦？我說了什麼奇怪的話嗎？夏美笑了好一陣子，接著突然瞇起眼睛。她的睫毛在眼睛下方形成陰影，雙眼從睫毛下盯著我的眼睛。

「就跟你想像的一樣。」

「啊？」

我呆呆地看著翹起小指頭、以格外嬌豔的口吻說話的夏美。

……真的假的？苦味的冰咖啡不自覺地從嘴角流下來。我還是第一次看到情婦這種人物……

這時突然聽見門打開的聲音。

「喔，你來了。」說話的語調很悠閒。我回頭，看到紅襯衫——須賀先生拎著塑膠袋，踩著慵懶的步伐走過來。

「好久不見，少年。嗯？你是不是瘦了一點？」

他邊說邊朝我丟了一個罐子。我接住才發現是啤酒，正感到困惑，不知他是什麼用意，夏美便迅速從我手中拿走啤酒。

「喂，你該不會去打柏青哥了吧？」

夏美邊說邊拉開拉環，發出「噗咻」的聲音，須賀先生也幾乎同時打開罐裝啤酒。兩人理所當然地咕嚕咕嚕喝起啤酒。搞什麼？這些人從白天就在喝酒？

「對了，少年，你在找工作吧？」

須賀先生一屁股坐在餐桌旁的低矮沙發上，興高采烈地看著我。他從堆放在沙發下的雜誌抽出一本，拿給我看。

「本公司目前的工作是這個。具有歷史和權威的雜誌委託我們撰稿喔！」

印著「ＭＵ」〈註3〉的這本雜誌封面上，畫著金字塔、行星、以及詭異的巨大眼睛。我在他催促下翻閱雜誌，看到的標題是：「終於成功接觸到來自二〇六二年的未來人！」、「傾全力製作的專題報導——突發性豪雨的真相是氣象武器！」、「入手國家機密，守護東京的大量活人祭品」。整本雜誌的內容都像是擷取網路上的惡搞新聞題材，然後用認真五十倍的態度進行論證。

「接下來的工作是都市傳說。」不知是不是我多心，須賀先生說話時似乎帶著嘲諷。「只要去採訪目擊證詞或親身經歷，然後寫成報導就行了。」

「哦……」

「很簡單吧？」

「呃……等一下，該不會是要我去做？」

「什麼種類都可以，像是失蹤、預言、地下組織販賣人口之類的，你們小鬼很喜歡這些題材吧？」

須賀先生邊說邊拿出手機，上面列出一長串的報導標題清單，有「天上的

〈註3〉　《ＭＵ》是一九七九年創刊的日本神祕學雜誌。

魚」、「德川家與虛擬貨幣」、「川普是ＡＩ」、「火星地表上有ＣＤ」、「利用智慧型手機活化脈輪」、「通往裡世界的電梯」等等。

「比較貼近日常的這個如何？」他指著其中一個標題。「網路上流傳的『百分之百晴女』。」

「晴、晴女？」

「我是晴女喔！」

夏美很有活力地舉手自薦，但須賀先生沒有理她。

「最近一直在下雨，電視上也提到，已經更新連續降雨日數了。所以這種報導應該會有需求吧？」

「哦……」我正不知道該如何回答，須賀先生便以受不了的口吻說：

「怎麼搞的？你這個人真沒主見。剛好今天下午約好要去採訪，你就去聽聽對方怎麼說吧。」

「咦？要我去？現在就去？」我問。

夏美雙手一拍，興奮地說：

「這算是體驗坐檯吧！」

「應該稱為實習吧？」須賀先生糾正她。
「少年，感覺很好玩耶！別擔心，我也陪你一起去！」
「請等一下！突然要我去採訪，我也不可能——」

「晴女當然存在。」
這位採訪對象的語氣相當明確，完全否定其他可能性。
「果然是真的！」
夏美湊向前，發出興奮的聲音。坐在眼前的嬌小女性留著娃娃頭，無法辨別是年輕人還是老人，全身戴著色彩繽紛的大件裝飾品，看起來像是某種特殊動物。
「還有，雨女也存在。晴女是稻荷系的自然靈附身，雨女則是龍神系的自然靈附身。」
「咦……什麼？」
我突然感到混亂，聽不懂她在說什麼。在我身旁的夏美似乎更興奮了。採訪對象——話說回來，這裡是位於住商混合大樓的占卜館，所以這個人應該不是晴女，而是職業占卜師——彷彿在朗讀看不見的紙張，流暢地繼續說：

「龍神系的人第一個特徵，就是會喝大量的飲料。因為是龍，所以會下意識地追求水。」

飲料？我感到困惑。

「龍神系的人很好強，擅於臨場發揮，不過性格草率馬虎。」

性格？我感覺到話題偏離採訪目的，正想要插嘴，夏美卻說：

「啊，我也是這樣……」

她的聲音格外認真，讓我不禁審視她的臉。

「稻荷系的人則是很勤奮，事業容易成功，但是另一方面有些軟弱，不適合當領導人物。而且不知道為什麼，往往都是帥哥美女。」

「那就是我了！」夏美就像解開疑惑的小孩子般高喊。

「現在天氣的平衡崩潰了，所以容易產生晴女和雨女。這就是所謂的蓋亞恆定性。」

「原來如此！」

「不過必須要小心……」

占卜師突然壓低聲音，把身體往前挪動，交互看著我們兩人。

「左右大自然的行為，一定會付出重大的代價。小姐，妳知道是什麼嗎？」

「不知道。」

夏美緊張地吞嚥口水回答。占卜師的聲音壓得更低。

「天候系的力量如果使用過度，據說會突然神隱，也就是和蓋亞化為一體！所以說，晴女或雨女的借錢率、申請破產率、失蹤率，在統計上都顯著偏高！」

「這……」夏美皺起眉頭。「我一定會注意！」

臨走之際，夏美向占卜師買了「開啟人生財運的開運商品」。

「──結果怎麼樣？」

我沒有嘆氣，只是摘下耳機，從 MacBook 的螢幕抬起頭。須賀先生在辦公室日光燈的逆光下俯視著我。

「……我們遇到一個說話聲音像語音合成軟體的占卜師，滔滔不絕地說些很像輕小說設定的內容，比如說力量使用太多就會消失之類的。」

我正在根據筆記和錄音，把占卜師的話整理成稿子。

須賀先生笑嘻嘻地說：「果然是那一掛的。」原來他早就知道了。我開始感到火大，提出在網路上搜尋到的正論：

「基本上，天氣跟什麼龍神系、稻荷系、蓋亞、個性、帥哥美女都沒有關係吧？是鋒面還有氣壓變化造成的自然現象吧？所謂的晴女、雨女，都是『感覺好像有那麼回事』的認知偏差吧？怎麼可能會有那種人！」

「喂！」須賀先生的口吻突然變得不耐煩。「我們是在完全理解這些的前提下提供娛樂，讀者也是在完全理解的前提下閱讀。不要小看社會的娛樂。」

我說不出話來。須賀先生探頭看 MacBook 的螢幕，閱讀我寫到一半的稿子。原來是這樣──說真的，我甚至有一絲感動。在完全理解的前提下做這種事。不要小看社會的娛樂。

「才寫這麼一點點，動作真慢。」

須賀先生抬起頭這麼說，我便反射性地低頭說「對不起」。

「……不過文章寫得不差。」

聽他喃喃這麼說，讓我像個得到糖果的小孩子般雀躍。我從國中就喜歡寫些類似小說的文章（雖然沒有告訴過任何人，也還沒寫出過一篇可以稱得上完成的作品），對於寫文章稍微有些自信。話說回來，我發現跟這個人在一起，心情就會像雲霄飛車一樣劇烈起伏。

「好！少年，你錄取了！」

「咦……什麼？請等一下，我還沒有說我要做——」

我連錄取條件和薪資內容都還不知道。雖然我的確在找兼差工作，但是這麼可疑的公司——

「你可以住在這間辦公室。」

「什麼？」

「附三餐。」

「……我、我要做！請讓我在這裡工作！」

我情不自禁地湊向前說。突然覺得好像找到了裝滿自己想要的東西的福袋，絕對不能讓給其他人。須賀先生開心地說「這樣啊！」並且用力拍打我的背。

「對了，你叫什麼名字？」

「咦？」我的心情突然冷卻下來。等等，這個人打算僱用連名字都不記得的人嗎？

「超好笑的！」

人在廚房的夏美笑著看我們，然後端了料理過來說：

「他叫帆高吧。」

「啊，我來幫忙！」

大盤子裡擺滿大量炸雞、蔥絲和白蘿蔔泥，另外還有番茄、酪梨和洋蔥的沙拉，以及牛肉、芹菜和鮪魚溢出來的手捲壽司。我突然感到強烈的飢餓。

「給你。」

須賀先生遞給我的仍舊是罐裝啤酒。我已經不再多說，自行換成罐裝可樂。

「好！就來慶祝帆高加入吧！」

須賀先生和夏美同時拉開拉環，發出「噗咻」的聲音。我也連忙打開可樂。

「乾杯！」

鏗、鏗、鏗——三個罐子碰撞在一起。

我咬著炸雞，一面感嘆這兩個人強勢的個性，一面發覺到自己已經好久沒有跟其他人一起吃晚餐了。這個事實和炸雞的美味讓我差點哭出來。須賀先生和夏美以驚人的氣勢不停喝酒，很快就喝醉了，熱烈地聊著對編輯的抱怨及網路上的八卦新聞，也逼我說出自己的過去。這種感覺就好像有人一直在我不會癢的地方搔癢——譬如用溫柔的手搔我的後腦勺——讓我感到很奇妙。這種感覺完全不會不舒服。在很久以後的未來，當我老到有孫子的年紀，或許仍舊會偶爾想起這個下雨的夜晚吧？我心中產生這種奇妙的預感。

就這樣，我的東京新生活開始了。

那個少年看起來就好像迷路的小狗。

他穿著白色T恤、捲起褲管的牛仔褲和運動鞋，全黑的頭髮稍微蓋住眼睛，感覺好像多留了一個月左右沒剪。肌膚晒得很健康，想必和美白或保養無緣，但是具有來自內側的光澤。充滿好奇心的大眼睛炯炯有神。

至於我，那年夏天剛好是接近人生最低潮的時期。大學四年級的暑假，其他同學已經獲得好幾家企業的內定錄取，我卻連求職活動都還沒有開始。我住在東京都內的老家，不用擔心生活費卻每天去打工，但是對打工的工作也沒什麼熱情，懷著好像在抗議某樣東西的心境，刻意懶懶散散地度過每一天。如果把「某樣東西」化成語言，大概是「父母親」、「社會」、「氣氛」、「義務」之類的。即使知道那是很幼稚的反抗心理，我仍舊無法進入求職的心境。我心中覺得，根本還太早了。我還沒有準備好，還不想要對任何東西屈服。

——簡單地說，我是因為不想變成大人在鬧彆扭。就連我自己都覺得很窩囊。正當我對如此沒用的自己感到一籌莫展時，那個少年出現了。他天真無邪、毫無防備，對每一句話、每一件事、每一幅風景都會感動到誇張的地步。

我彷彿突然被交代照顧社團學弟一般，同時感到麻煩、好奇，以及一點點的自負。聽著此刻也在機車後座呼喚我「夏美、夏美」的聲音，心中產生莫名的懷念，以及似乎有新的東西要開始的激昂情緒。騎機車時迎面而來夾帶雨水的風，很久沒有感覺這麼舒適了。

「夏美，我剛剛看到好像凡爾賽宮殿的建築！」

在視野邊緣瞥見了綠色草坪包圍的巨大洋房，我情不自禁地大喊。夏美邊騎機車邊笑著說：

「超好笑的，帆高！這一帶是赤坂御用地，所以那棟建築應該是迎賓館。」

我不禁臉紅。

「你好像一直很興奮。」

我看著夏美穿著雨衣的背影，心中慶幸沒有被她看到我臉紅。我坐在夏美的機車後座，正要前往下一個採訪地點。被雨淋濕的風景飛快地往後流動。我還完全不知道自己在東京的哪一帶，不過不論在哪裡、不論看多久，眼前的風景都不會讓我感到厭倦。森林般的公園、映著天空的閃亮高樓、老氣的商店街與人潮、科幻電影造型的體育館、突然出現的教會與鳥居、視線所及就有好幾千個房間的高樓大廈群——就好像把分散的場景全都塞在一起的箱庭〈註4〉。直到現在我仍舊不敢相信自己正在這座城市淋雨。

我工作的地方是須賀先生經營的小型編輯企畫公司。

我被交代的工作，首先是所有雜務。辦公室也兼作須賀先生的住家，所以我每天早上七點起床準備早餐。我從來沒有料理經驗，一開始感到不知所措，幸虧須賀先生對家事不太講究，即使是我笨手笨腳製作的荷包蛋和味噌湯，或是在便利商店買的杯裝味噌湯和配菜，他都覺得無所謂也沒有特別的感想，全都默默地吃完。

接著是掃地和收拾。我必須收拾須賀先生隨便亂放的茶杯、酒杯、空罐，清洗碗盤，然後把垃圾分類、拿出去丟；也得撿起須賀先生像小孩一樣脫了亂丟的襪子和T恤拿去洗，另外還要打掃洗手間和淋浴間。

在這之後，總算可以進行比較像工作的事。我要把塞入信箱的明信片和信封分類，寫好寄給出版社的申請單，把丟在空盒裡的收據依照日期貼在本子上。最花時間的是打採訪的逐字稿。這項工作是把錄在手機或ＩＣ錄音機的採訪內容打成文章，再由須賀先生或夏美（偶爾也會由我）以這份文章為材料來寫稿。

不久之後，夏美就會騎粉紅色本田小狼來到辦公室。夏美似乎不是正職員工而是兼差，不過這家公司的會計事務都由她包辦。

「喂，我不是教過你，酒錢要歸類為交際費嗎？」

夏美看了帳簿後斥責我。

「怎麼才寫這麼一點點？」

須賀先生探頭看了電腦螢幕後奚落我。

「要趁特價的時候才能買！」

〈註4〉　箱庭是在淺箱中置入砂土，放置迷你人偶、房屋、橋梁等等營造出迷你場景的作品。盛行於江戶時代。

夏美看了超市收據之後責罵我。

「不是跟你說過，要去掉跟內容無關的部分嗎？把說話的人吞吞吐吐的部分全都記錄下來也沒意義吧？」

須賀先生讀了文章怒叱我。

『又不在？你昨天不是說過，他明天一定會回來嗎？』

編輯打電話來催稿，我只好連連道歉。

「喂，碳酸飲料沒冰過根本不能喝啊！」

假裝不在家卻在喝酒的須賀先生批評我調的高球雞尾酒。

每一天都像被未知的濁流沖擊，讓我一再對自己的無知與無能驚訝，每天都拚命工作。不過，就連我自己也感到不可思議的是，即使一直挨罵，我也完全不覺得工作辛苦，甚至被罵的時候還感到高興。為什麼？我是這種人嗎？直到上個月，我還那麼痛恨被人命令或被強迫做事。這兩個星期中，自己到底是哪裡變了？

「聽說他們在找晴女！」

「什麼？超好笑的！」

女高中生三人組哈哈大笑。因為聲量太大，我不禁環顧四周。這裡是大型百貨公司對面的家庭餐廳，雖然是平日白天，客人卻很多。夏美在網路上約見面的三名女高中生穿著制服短裙，卻抱著雙膝坐在沙發上。我好久沒接觸同世代的女生，為她們這般毫不含蓄的態度震懾。據說請她們聊八卦的報酬，是飲料吧和每人一道自選甜點。

「我妹的朋友的男朋友的朋友的同學，聽說是如假包換的晴女喔！嗯？年紀？我不知道，不過如果跟我妹一樣，就是國中生吧？總之那個女生很厲害，不只是她在場的時候常常出太陽那麼普通，而是不同等級的晴女！如同對神壇拜拜那樣，只要拜託她說希望什麼時候天晴就行了。比方說約會那一天一定要是晴天——」

我拚命記筆記，想起須賀先生說過不能只依賴錄音，而是要掌握話題的走向記下筆記。

「接下來要去採訪下一個對象。三十分鐘之後，約定地點是早稻田！」

我跟在夏美後面奔跑，感覺好像是她的社團學弟。

「我在信中也告訴過你們——」

戴著薄薄的眼鏡、看起來一本正經的男人，在研究室前方不耐煩地說。

「因為是關口先生的介紹，我才接受採訪。不過我們是跟氣象廳也有合作的正派研究室。我並不是說你們的雜誌不正派，只是——」

像這樣百般不情願的男人，二十分鐘後卻不知為何口沫橫飛地熱情說道：

「當時我監測的觀測氣球探空儀上，捕捉到異常的影子！在積雨雲的深處，從地面上絕對看不到的雲層當中，出現了像生物一樣成群移動的細小物體！我不知道那究竟是什麼，也可能只是單純的雜訊。話說回來，雖然我不常告訴別人，不過我認為空中即使有未知的生態系存在也不奇怪。天空比海洋還要深不可測。事實上，和年長的研究者一起喝酒的時候，一定會談到這類話題。比方說——」

「我就說太冗長了，要寫得更直接一點。太多囉囉嗦嗦的比喻。」

須賀先生讀了印出來的稿子之後斥責我。

「喂，我不是教過你，面談要算會議費嗎？」

夏美看了帳簿之後責罵我。

「不是跟你說過文章要有連貫性，你這樣頭尾根本沒有接在一起。這一段全部刪掉重寫！」

須賀先生窺探電腦螢幕之後怒叱我。傍晚採訪回來後，到現在已是深夜，我們仍舊在寫稿。標題是「最新版．東京的都市傳說」。這是一篇三十頁的特別報導。

「啊，不過這一段不壞，試著把它放到一開頭好吸引讀者。」

「是！」

「帆高，可以去泡咖啡嗎？」

「是！」

「不要即溶的，要磨豆子。」

「是！」

「帆高，我肚子餓了。」

「是！」

「我也是。還是別泡咖啡了，我想吃麵。」

「是！」

「我要烏龍麵。什錦炒烏龍麵。」

「是！」

「不，還是炒烏龍麵好了。」

「是！」

我把顯示 Cookpad〈註5〉的 iPad 放在水槽旁邊，不熟練地用菜刀切碎洋蔥和紅蘿蔔，因為沒有豬肉所以放入罐頭鮪魚，加了粉末調味料之後放入烏龍麵拌炒，然後撒上柴魚片。

當我端出做好的炒烏龍麵時，兩人都已經趴在桌上睡著了。明天截稿的稿子還沒寫完，得叫他們起來才行——我雖然這麼想，卻停下腳步，望著兩人的臉。須賀先生的肌膚很乾燥，鬍碴當中摻雜著些許白毛。夏美的肌膚和頭髮都很光滑，接近時會聞到讓胸口感到苦悶的迷人香氣。我心想，這兩人都滿酷的。對了，切洋蔥的時候原來真的會掉眼淚——對於自己過去不曾體驗過的事，我到此刻才感到由衷驚奇，然後突然理解了。

原來如此。大家接受採訪的時候之所以什麼都願意說，就是因為這個理由。不論是女高中生、大學的研究者、或是之前的占卜師，都是因為對象是夏美，才會侃侃而談。她不會否定任何人，不會因為對象而改變態度，總是懷著新鮮的好奇心附和，所以即使是荒唐無稽的話題，大家還是願意說出來。

沒錯，就是這樣。我也理解到自己不論如何挨罵都不會難過的理由：不是因為我變了，而是因為對象是他們。須賀先生和夏美都不在乎我是離家出走的少年。他們理所當然地把我當成員工看待，理所當然地依賴我。他們會一面斥責我，一面告訴我「你可以變得更好一點」。就如同只有在瞬間刺痛的打針一樣，讓我的身體更強壯。

我感覺好像終於脫下沉重且緊繃的衣服般輕鬆，搖著須賀先生的肩膀說：「再不起來會感冒喔。」

我好像稍微理解小圭收留他的理由了。我和小圭當時大概都在尋找某種契機，就好像改變自己前進方向的一絲微風，或是等待紅綠燈變色的短暫時間。

夏美，妳也快起來吧——我聽著他搖動我肩膀的呼喚，心中有種模糊的預感：很快地，在這個夏天結束時，我漫長的叛逆青春期也要結束了。

〈註5〉　日本最大的食譜社群網站。

第三章　重逢、屋頂、閃耀的街道

「啊，就是這個。」

我從唐吉訶德賣場雜亂的架上拿起一個小盒子。紅色包裝上有金色的龍直飛天際的圖案，以及「中年活力！蝮蛇飲料」的文字。

「那個人喝這種東西要幹什麼……」

夏美的臉像漫畫的對話框般浮現在腦海中，我紅著臉猛搖頭，接著又將備忘錄上的「強效印加蘿蔔」、「迎向明日的鱉」、「高麗人參 Mega MAX」等放入籃子裡，依照須賀先生的吩咐領了收據（真小氣），結帳後走出店。話說回來，他的神經粗到能請人代買這些東西，卻還有寧願喝這些東西也要取回的東西嗎？我想起須賀先生摻雜白髮的頭髮，心想年齡增長感覺滿悲哀的。他應該是四十二歲吧？我還不太了解成年人對於年齡的感受，不知道那是在人生的哪一個階段。

購物結束後，我沒有回到巴士站，而是走入歌舞伎町的巷子裡。這條巷子狹窄到必須收起傘才能通行，兩側牆上如同植物藤蔓般攀附著室外機、電錶、排水管等。周遭已經沒有路人，腳邊卻散落著菸蒂，牆壁和配電盤被貼紙和塗鴉覆蓋。

「啊，在這裡！」

瘦巴巴的小貓發出沙啞的「喵～」叫聲走過來。

「小雨！你過得還好吧？」

我從口袋拿出營養棒蹲下來遞出去，小雨便靈活地用前腳像雙手般接住。「好厲害！」我朝著狼吞虎嚥的小貓背部說。每次到新宿買東西或採訪，我就會來見小雨。從第一次見面的晚上，轉眼間就過了一個月，一開始像小型寶特瓶那麼大的小雨，感覺也大了一圈。七月即將結束，這個夏天依舊持續下雨。

「沒關係，這個工作很簡單的！」

當我走出巷子撐起傘時，聽到男人的聲音。兩名大個子的男人緊跟在一名穿著無袖上衣、低垂著視線快步走路的少女身後，經過我的面前。

「來試試看嘛！今天就能給妳薪水。我們的店就在附近。」

以嘲笑般冷淡的聲音說話的金髮男人，以及綁兩條馬尾、一雙大眼睛裡黑眼珠居多的少女——這兩個人我好像都見過。

巷子裡是賓館街。往前走一些，有一排屋簷很低的長屋風格樓房。那裡就是我在一個月前睡著的地方。綁兩條馬尾的少女和金髮耳洞男等人在那家店前面談話。那些男人似乎正在勸說猶豫的少女，我下意識地追蹤他們來到這裡，躲在陰影中窺探狀況。

怎麼辦？

該開口嗎？要去救她嗎？我想起那天在麥當勞，少女說「你連續三天的晚餐都只有那個吧？」的聲音與笑容，既像責備又像是在鼓勵我。

「可是——」

也許她並沒有抗拒。他們可能本來就認識，正在討論工作的事情。

「啊！等一下……」

突然聽到少女類似悲鳴的細微聲音，我望過去看到金髮耳洞男摟住少女的肩膀，硬是要把她帶進店裡。我丟下傘，來不及思考就衝出去。

「哇！幹什麼！」

我強硬地介入金髮男與少女之間。

「走吧！」
「咦？」
我抓起少女的手，頭也不回地奔跑。
「喂！你給我等等！」
背後傳來那兩個男人的聲音。我拚命奔跑在不熟悉方向的街道上。少女以困惑的聲音開口：
「等一下，你……」
「不要說了，快跑！」
晚點我會好好說明，我不是可疑人物，不用擔心——我連這樣告訴她的時間都沒有。頭髮和T恤被雨淋濕而變得沉重。我們明明已經跑出賓館街，不知何時卻又跑入另一條賓館街。
「哇！」
兩人組當中的一人從前方的巷子衝出來。糟糕，會被包夾——我剛這麼想，就遭人從後方使勁拉住襯衫領子。
「這個臭小鬼！」

我從背後被推倒在濕漉漉的柏油路上。金髮耳洞男騎到我身上，調整呼吸之後，輕輕拍打我的臉頰說：

「喂喂喂，你這小子。」

低沉的聲音帶著些許嘲諷，接著他舉起右手。

「你到底在搞什麼鬼啊！」

這回我被用力打了一巴掌。我努力按捺疼痛與恐懼，大聲喊：

「她不是拒絕了嗎？」

「……啊？」對方發出錯愕的聲音。「你是笨蛋嗎？我們跟那女的已經談好了。對不對？」

我驚訝地看著那名少女。她尷尬地低下頭，另一個男人站在她身旁。

「咦……」

怎麼會？腦袋一片空白。那麼，我做的事情到底是——

「嗯？你該不會是上次在我們店門口睡覺的那個小鬼吧？」

金髮男似乎現在才發現，然後自以為理解地呵呵笑著說：

「怎樣，你是來找我報復的嗎？」

我的顴骨發出「鏗！」的聲音，這回是被拳頭揍了。我感到眼底劇烈疼痛，全身的知覺麻痺，口中擴散著鐵的味道。「拜託，住手！」少女快要哭出來的聲音傳來，我一方面覺得自己很窩囊，另一方面又萌生相反的憤怒情緒。這時，右手指尖觸碰到當作護身符插在腰間的玩具槍。

「可惡……」聲音在顫抖。「走開！」我瞬間抽出槍，指向金髮男。

那兩個男人嚇了一跳，接著彼此相視而笑。

「哈？那是玩具嗎？這傢伙真的是笨蛋。」

大顆的雨點落在我拚命瞪著金髮男的眼球上。不知何時已經下起大雨，視野因為雨水而模糊，心臟發瘋似地鼓動。男人的笑聲溶解在雨水中，彷彿越來越遠。

——砰！

我扣下扳機。沉重的轟然巨響鑽入耳中，彈殼掉在地上發出「鏘」的聲音，周遭瀰漫著火藥氣味。

金髮男後方的路燈被打碎了。

這是真槍。

所有人都瞪大眼睛，盯著槍口。

首先恢復清醒的是少女。

「站起來！」她抓住我的手。金髮男目瞪口呆地跌坐在地上，我便從他身體下方鑽出去。我們拔腿奔跑，逃離現場。

我們的喘氣聲在水泥牆間形成回聲。

腳下的地板上有很深的水窪，從破窗戶吹進來的雨水在水面不斷製造波紋。

她帶我逃入的這個地方，是從新宿越過一個平交道、位在代代木站附近的廢棄大樓。在熱鬧的街上，只有這棟住商混合大樓孤單地矗立著，腐朽為褐色。外面的喧囂聲幾乎不會傳到室內，只能依稀聽到山手線宛若來自異世界的聲音。我們所在的房間似乎曾經是餐飲店，周圍的雜草間散落著生鏽的圓椅、餐桌、餐具和料理工具等。

我們有好一陣子無言地調整呼吸與心跳，接著少女突然開口：

「……你幹嘛多管閒事？你把這個當作是漢堡的回禮嗎？」

摻雜著恐懼與憤怒的聲音迴盪在昏暗的空間裡。少女瞪著我，我說不出話來，少女又繼續逼問：

「剛剛的槍是哪來的？你是什麼人？」

「那是……撿來的。我以為是玩具……」

少女露出一臉不敢置信的表情。我拚命地繼續辯駁：

「我只是當作護身符帶在身邊，想說嚇一嚇他，不是真的要——」

「你在說什麼？你竟然拿那種東西對人射擊？你搞不好差點殺死人了！」

我停止呼吸。

「真不敢相信！好噁心。超差勁的！」

少女狠狠地說完，大步走向門口。濕濕的腳步聲粗暴地迴盪在牆壁和天花板間。少女即將走出房間，而我只是呆呆看著她的背影。越走越遠的每一步，都逼迫我看清自己做的事。她說得沒錯。我一直拿著那種東西當護身符，以為自己變強了，搞不清狀況就逞英雄，朝著別人扣下扳機——搞不好差點殺了人。

我幾乎反射性地丟下槍，連一秒鐘都不想再持有它。槍撞上牆壁、發出尖銳聲響的同時，我在原地跪下。我緊緊閉上眼睛，已然無法站立。來到東京的決定、與奮度過的這幾個星期，感覺都像是愚蠢的錯誤。被毆打的臉頰彷彿現在才想起來般開始疼痛，配合心臟跳動陣陣增強痛楚。我已經無法思考，只能蜷縮在原地。

過了一陣子又聽到腳步聲。

我抬起頭，看到少女站在面前。她雙手插在外套口袋裡，沮喪地垂下視線。我不禁詢問：

「妳為什麼——」

「……我之前的兼差工作被炒魷魚了。」

「……咦？該不會是我——」我心想，該不會是因為她給了我漢堡。

「不是因為你的關係……」

少女說完，忽然又以辯解般細微的聲音說：

「所以說，我需要可以賺錢的工作……」

「對不起，我……」

我又說不出話來。沒錯，每個人都有自己的狀況。我忽然感到眼睛熱熱的，連忙忍住，低下頭緊緊閉上眼睛。

「呵呵。」

這時聽到輕輕的笑聲，我驚訝地抬起頭。少女俯視我的臉，大眼睛溫柔地瞇成弧形。

「會痛嗎？」

她用指尖撫摸我被揍的臉頰。

「咦？不會……」

少女似乎又覺得很滑稽，笑了出來。

「你是離家出走吧？」

「咦！」

「這種事當然看得出來。你從很遠的地方來的嗎？」

「嗯，差不多……」

聽我這樣回答，她忽然露出惡作劇般的表情說：

「好不容易來到東京，卻一直在下雨，很可惜吧？」

「咦？」

「你來一下！」

少女以小孩子般自然的動作牽起我的手。

我們爬上生鏽的鐵製逃生梯，來到大樓屋頂。地板的磁磚碎裂，地面長滿綠色的雜草，細細的雨絲筆直落下。遠處有我還不知道名字的形形色色高樓大廈，形成灰色的剪影。

「馬上就會放晴了喔。」

「什麼？」

我不禁抬頭仰望天空，看到灰色的烏雲和依舊下著的雨。我轉向少女，看到她雙手交握，宛如祈禱般閉上眼睛。

「妳說的是什麼意思——」

我說到一半就停下來。

少女正微微發光。不對，是來自某處的淡淡光線照射在少女身上。不知何時颳起的風，吹起少女的兩條馬尾。光線逐漸變得強烈。少女的肌膚和頭髮在光線照射下，閃耀著金色的光芒。該不會是——

我抬頭仰望天空。

「哇啊！」

頭上的雲層分開，刺眼的陽光直射下來。閃閃發光的雨點變得稀疏，就像緩緩關上水龍頭般，雨停了。我發覺周圍的世界好像重新塗上色彩，變得格外鮮豔。藍色的窗玻璃、雪白的外牆、原色的招牌、銀色的軌道、宛若散落的點心般色彩繽紛的汽車——東京充滿了色彩。大氣中不知不覺瀰漫著新鮮的綠草芬芳。

「晴女……？」聽到我愚蠢地脫口而出，少女回以笑聲。

「我叫陽菜。你呢？」

「……帆高。」

「幾歲？」

「呃……十六。」

「哦。」

少女歪著頭，從下方盯著我，接著又露出笑容。

「原來你比我小。」

「咦？」

「我呀，嗯～下個月就十八歲了！」

「什麼？看不出來！」

我不禁說出內心話。由於她長了一張娃娃臉，讓我以為她頂多跟我同年或小

一、兩歲。這回她發出「哼哼」的得意笑聲。她的所有笑容都帶有陽光般的色彩。

「對年長者說話要用敬語才行！」

「什麼？」

「呵呵。」

少女愉快地仰望天空，直直地舉起右手，像是要朝著天空伸懶腰。手掌形成很深的影子，落在少女臉上。

「帆高，請多多指教。」

她直視我的眼睛，以最燦爛的笑容這麼說。她的笑容彷彿預示著新的事物即將開始。她向我伸出右手，我順從地與她握手，從陽菜的手掌感覺到太陽的溫度。

目擊證言A　家庭主婦K子（二十六歲）　東京都江東區居民

其實也不是什麼值得一提的事情。

我兒子才四歲，當然有可能會把幻想和現實混在一起，不過——是的，我也看到了。或者應該說，我覺得自己好像看到了。

好的，我就依照順序來說吧。

那天的天氣？當然是雨天。基本上，這一陣子一直都是雨天吧。今年從夏天之前，天氣就一直很差，那天又特別惡劣，除了風雨交加，還有打雷。我們住在三十八樓——沒錯，我們住超高層大廈——這種時候的景觀非常驚人。烏雲就像電腦動畫一樣逼近窗戶，還能看到閃電不斷落在高樓上。

因為天氣很糟，我兒子也向幼稚園請假待在家裡。我大概正在煮飯吧——啊？什麼菜？記得好像是香蒜鯷魚熱沾醬。沒有沒有沒有，其實很簡單！可以搭配葡萄酒，不論男女都喜歡。對呀，像是一群媽媽的聚會，必須輪流負責料理，太寒酸也很掃興，太高級又給人炫耀的印象，就這點來說，香蒜鯷魚熱沾醬可以說是滿分。只要有一道搶眼的料理，剩下的就算只有義大利麵、麵包、Ritz餅乾仍然很有一回事。媽媽之間的交際就是這樣，真的很費心。

（以下三十分鐘，都是媽媽聚會的話題。）

呼～對了，剛剛在談什麼話題？啊，對對對，就是那個！從天空降下魚那件事。

我在煮飯的時候，兒子對我說：「媽媽，有魚！」我因為專心在煮飯，只是隨口敷衍：「真的啊？好棒喔。」那孩子平常遇到這種反應，就會察覺到媽媽很忙，馬上就放棄，可是那一天他很難得跑過來拉我的衣服說：「媽媽，妳來一下，外面有魚。」我心想：不可能吧？這裡是三十八樓啊。不過因為那孩子很少那麼堅持，我還是跟著他到窗邊詢問：「魚在哪裡？」兒子就指著窗外狹窄的水泥突起部分。我探頭去看，只看到雨水打在上面濺起水花，兒子卻問我：

「妳有沒有看到？」

「咦？」

「妳仔細看雨滴的形狀。」

我開始覺得有點恐怖，不過還是聚精會神地凝視雨點濺起來的水花，結果——在那一瞬間，我全身起雞皮疙瘩。雨點裡面竟然混雜著類似青鱂魚的小魚！

不對，與其說是魚，應該還是雨滴才對。透明的水形成小魚的形狀，撞在外牆上，像有生命一樣跳起來。可是那扇窗戶是嵌死的，沒辦法打開，而且看久了之後，還是比較像普通的雨滴。兒子也說，那些魚不見了……

沒錯，所以一開始我就說「覺得好像看到了」。這不是什麼值得跟人提起的事，我先生也完全不信，還得意洋洋地闡釋完全不相關的理論，說什麼「那應該是『完形崩壞』〈註6〉現象，我有時候也會覺得文字看起來不像文字」之類的。跟妳說過之後，我心裡清爽多了。

小姐，下次來我家喝茶聊天吧？

目擊證言B　中學生Y次郎（十三歲）　東京都台東區居民

妳真的要訪問我？我當然願意談，也一直想要告訴別人，可是我跟他都沒什麼自信。畢竟沒有其他目擊者，實際發生的事就只是變成落湯雞而已。

那天社團活動結束之後，我正要回家。沒錯，雖然是暑假，不過還是有社團活動。啊？妳問我是什麼社團？這不重要吧……我是將棋社的。沒有沒有，一點都沒有異性緣。現實中的將棋社根本沒有吸引女生的要素……是嗎？聽妳這麼說，還是滿開心的。

那時候，我朋友興奮地來到社辦，說有很驚人的東西，要我趕快去看。那傢伙在班上算是滿冷靜的類型，所以我覺得滿稀奇的。既然他說很驚人，搞不好真的很驚人吧。我跟在他後面，撐著傘沿著軌道奔跑。

我問他：「你說很驚人的東西是什麼？」他只說，沒辦法說明，必須親眼去看。我們進入只能通行一輛汽車的窄巷，兩旁是蓋上隔音布的建築工地，四周都沒有人。

「看，就是那裡！」

〈註6〉 出自德文「Gestaltzerfall」，意指無法掌握到知覺對象的整體性，只能認知到零碎的組成要素。正常人在一直盯著某個形體（文字、圖形等等）時，也可能會出現這樣的狀況。

朋友指著建築物縫隙、電線上方的灰色天空。

「啥？什麼都沒有啊。」

「有啦！你仔細看！」

他用很認真的表情這麼說，我只好聚精會神地凝視天空。就在這個時候——我感覺到哪裡不太對勁，過一陣子才發覺明明有雨聲，可是只有我們所在的地方沒有下雨，彷彿有看不見的屋頂遮蔽。接著，我看到空中有東西在閃動。那是小小的波紋。感覺就像在雨天的游泳池水底往上看一樣，天空中的波紋出現又消失。

「那是什麼……？」

我看著那東西，往後倒退幾步。這時天空變得扭曲。我心想，那是水。或者應該說，是水形成的某樣巨大東西掛在大樓之間。

「魚……？」

一旁的朋友喃喃自語，我才想到：沒錯，「那東西」看起來就像海豚或鯨魚之類的形狀。就在下一瞬間——

「哇啊！」

我們異口同聲地大喊。水之魚突然崩塌，落在我們身上，感覺就好像突然被傳送到瀑布底下，瞬間的暴雨大概有突發性豪雨的十倍雨量。水停之後，我們已經變成落湯雞，手中的傘像是被強風吹過，傘骨都折斷掉了。大樓之間的「那東西」已經完全消失，四周只剩下薄薄的水霧。

——所以說，我也覺得或許只是遇到很大的一場雨而已。沒有任何證據留下來，我也沒有告訴任何人，只是在網路上用開玩笑的口吻稍微提一下，結果妳就私訊給我，讓我嚇了一跳。

請問……妳是電視明星嗎？啊，不是？怎麼說呢，我覺得妳很亮麗耀眼……哇！對了，這搞不好是我第一次跟女生講這麼久的話。

『送上好天氣。』

我在筆記本上寫了大大的字，然後在下方畫了方格，寫入「五千日圓」。我想了一下，把「五」的文字擦掉改成「四」，然後又擦掉。

「會不會太貴了……」

唔，怎麼辦？吧檯上擺著過時的映像管電視，畫質模糊的氣象主播從剛剛就在報導說：

『連續降雨日數已經超過兩個月，今後一個月的天氣預報當中，降雨量仍舊很大，應該會持續下雨。氣象廳發表評論，認為這是「極端異常現象」，並提醒要高度警戒土石流災害——』

「喂，帆高！」

我聽到興高采烈的聲音，從筆記本抬起頭。夏美抱著雙膝坐在沙發上，低頭看著平板電腦。

「這個超厲害的！」

道路旁的排水溝散落著乳白色物體，大小和形狀看起來像是稍大的魩仔魚。

下一張照片是某處停車場，車輪周圍有相同的物體。

再下一張則是母親拍攝孩子的照片。鴿子啄食著散落在石地板上的「那東西」，撐傘的小女孩則低頭看著這幅景象。

「看起來的確有點像魚……」我放大照片，對夏美問道：「……這東西和雨水一起從天上掉下來嗎？」

上傳到社群網站的照片都這麼寫。

「可是只有照片，沒有任何證據留下來吧？」

「這東西只要碰到就會消失。你看。」

夏美邊說邊播放某人上傳的影片。影片中出現的是幾公分左右的塊狀物，看起來像表面乾燥的果凍。拍攝者的手指出現在畫面上，戰戰兢兢地觸碰那東西。這時聽到細微的「啪」一聲，那東西就變成水流掉了。

「哇！」我不禁大喊。夏美以興奮的口吻繼續說：

「之前採訪的大學教授不是說過嗎？天空是比海洋更深不可測的未知世界，人類直接看到的只是一小部分。比方說，即使是一片積雨雲，也可以稱得上一個『世界』。幾公里寬的雲層裡，蘊含了相當於湖泊水量的水，裡面有無數的微生物。有陽光、水和充足的有機物，又有不被任何生物騷擾的廣大空間。就連光線無法到達的深海也有獨特的生物，天空就算存在著人類還不知道的生態系也不奇怪。把天空和生物分開來思考才不自然啊！」

夏美一口氣說完，讓我對她的記憶力和熱誠感到嘆服。

「所以說，天上一定有什麼東西！」

「妳指的就是這個魚……？」

「也許吧！你不覺得很神奇嗎？」

「這種事——」

我不禁沉思。沒錯，這種事——

「如果寫成報導，搞不好可以賺錢！都市傳說特輯的工作雖然結束了，不過可以接神祕生物特輯之類的。」

「啊？」夏美發出冷淡的聲音。

「咦？」我停止說話。

「什麼叫『可以賺錢』？一開始最重要的是有不有趣吧？」

「咦？」

「你越來越像小圭了。」

「咦？」

「你大概會變成無聊的大人吧。」

「咦！」

夏美從沙發起身，用髮圈迅速把長髮綁成一束馬尾。

「就算好不容易找到晴女，小心別因為這樣被人家討厭了。你待會兒要去約會吧？」

「呃，也不是約會，應該說是確認……或是道歉，或者應該說是提議……」

在我結結巴巴地解釋的同時，夏美已經穿上黑色西裝，難得打扮成服裝筆挺的上班族模樣。平常她總是穿著大幅裸露手臂和腿部的隨興服裝，現在看起來簡直像換了一個人。

「夏美，妳怎麼了？」

「我要去展開求職活動。」

「什麼？」求職？「這間公司呢？」

「這種地方只是暫時棲身而已。」

她說出耐人尋味的話，揮揮手走出辦公室。我突然覺得好像被遺棄了，呆望著夏美走出去的門。這一定是開玩笑吧——我連忙這麼想。

「對了，我也該出門！」

為了抹去心中的些許不安，我刻意說出口，並從沙發站起來。

令人難以置信的是，她竟然沒有手機。

也因此，我拿到的是手寫的小抄。我看著用工整的筆跡寫出路徑的小抄，在田端站下了電車，依照指示從月台邊緣爬上階梯，看到只有三台自動驗票機的小型無人驗票口。我原本以為，山手線的每一站驗票口都像網球場那麼大、像派對那麼擁擠，所以看到眼前靜謐的景象十分驚訝。

我走出驗票口、撐起傘，走在淋濕成黑色的柏油路上。細長的坡道一直延伸，走了五分鐘左右，擦身而過的只有兩名老婦人。右邊種植著一排綠葉茂密的櫻花樹，左邊則看得到底下開闊的景觀：好幾條軌道並排在一起，前方是新幹線的高架橋，更遠方則是被雨打濕的建築，一直延伸到天際。雖然是灰濛濛的景象，今天在我眼中卻好像增添了色彩。自從那一天親眼看到晴女、看見陽光普照時東京真正的鮮豔色彩，我就覺得映入眼簾的所有景象似乎都稍微提升彩度，就好像螢幕性能不知何時經過升級一般。自己眼中彷彿有了新的景色。

目的地的公寓被藤蔓攀附，看起來就是典型昭和風格的建築。根據小抄，陽菜家在二樓最裡面。我爬上鐵製階梯，看到遠方的新幹線高架橋。綠色的車身發出「沙～」的細微聲響奔馳。

我站在門口，深深吸了一口氣，然後敲門。

「等等——」

這時我突然發覺到重要的事實。

「這該不會是——」

雨點打在共用走廊薄薄的天花板上，發出毫無幹勁般的「啪啦啪啦」聲。

「我第一次……造訪女生家？」

喀嚓。門突然打開，陽菜探出頭。

「歡迎光臨，帆高。」

「咦？哇、啊！」

「你迷路了吧？」

「沒、沒有。那個……這是一點小小的心意！」
我慌慌張張地用雙手遞出塑膠袋。
「啊，謝謝你的好意！」
陽菜笑咪咪地收下禮物，替我把門開得很大，說「請進」。我進入至今看過最小的玄關，笨拙地脫下鞋子。
房間裡洋溢著各種色彩。
進入玄關馬上就是一間小廚房，裡面是四坪左右的起居室，更裡面有另一間房間。這是家庭用的小面積隔間，房間以色彩繽紛的車棉布隔開，窗戶上也掛著色彩鮮豔的布。房內處處裝飾著小張的圖畫及動物擺飾等。起居室有木製的圓窗戶，上面掛著連成一串的透明玻璃珠，好像是叫做「suncatcher」吧。我縮起身體，坐在起居室的矮桌前。
「帆高，你吃過午餐了嗎？」
在廚房不知忙什麼的陽菜問我。
「還沒有……」我回答之後，想到她或許是要請我吃飯，便喊：「啊，可是不用費心了！」陽菜噗哧笑出來，對我說：「沒關係，你坐著吧。」接著又問我：

「帆高，我可以用這個嗎？」

我看到她雙手拿著我買來的洋芋片和雞湯泡麵。我在半路上的便利商店猶豫要買什麼，最後甚至詢問「Yahoo! 奇摩知識＋」，依照最早得到的答案買了這兩樣伴手禮。仔細想想，姑且不論洋芋片，買雞湯泡麵實在是莫名其妙。

「當然。能派上用場的話！」

「謝謝！」

她該不會要用在料理吧？

不過我不好意思問這樣的問題，為了讓心情冷靜下來，便重新環顧房間。窗口的玻璃珠串隨風搖曳，反射著從雨天的天空收集的少許光線，投射淡淡的花紋。壁櫥的格子紙門被拆下來，當成彷彿固定在牆面的書櫃使用，上面排列著繪本、知識性雜誌、輕小說和漫畫、厚重的精裝書等，種類非常多樣。起居室角落擺了小小的電動縫紉機。我猜想這個房間裡的裝飾品大概都是手工製作的。不大的空間裡擺滿東西，卻意外地不會給人雜亂的印象。房裡瀰漫著愉快的氣氛，彷彿這間房間本身對自己的模樣感到高興。

「……陽菜，妳一個人住嗎？」

「因為有些原因，跟弟弟兩個人住。」

「這樣啊……」

原因——我不敢繼續問，只是稍微想到也許是雙親不在了。陽菜以愉快的表情拿起料理剪刀，剪下看似芽菜的綠色葉子。那大概就是所謂的自家栽培吧？她真的什麼都自己來。

我偷偷從眼角追蹤在廚房忙裡忙外的陽菜身影。她穿著淺黃色的無袖連帽衫和淺藍色短褲，像平常一樣把長髮綁成兩條馬尾，馬尾輕柔地垂在肩上。仔細一看，陽菜的身體瘦得驚人。夏美平常也都穿無袖上衣和短褲，但是氣勢完全不同。

「帆高，你呢？你為什麼要離家出走？」

「咦……」我突然被問這個問題，一時回答不出來。「因為，我覺得……」我連忙尋找理由，想要化成言語，但是說出來的卻是簡單到愚蠢的詞語。

「——很悶……不論是鄉下，或是爸媽。而且我有點憧憬東京……」

這個理由說出口後，因為實在太幼稚了，我突然感到羞恥，慌慌張張地補充：

「其實也沒什麼特別的理由。」

「這樣啊。」

陽菜沒有肯定也沒有否定，只是帶著微笑簡短回應。她敲破蛋殼，以熟練的手法將蛋黃和蛋白分別倒入不同盤子、快速攪拌，接著在加熱過的煎鍋俐落地倒油。麻油和薑的香氣撲鼻而來。她從冰箱拿出冷飯，倒在煎鍋裡拌炒。聽起來很美味的「滋～」的聲音迴盪在室內。陽菜以飯勺攪動，又問我：

「你不用回去嗎？」

「……我不想回去。」我沒有別的答案，只是說出現在的心情。

「這樣啊。」

陽菜打開洋芋片的袋子，用雙手壓碎洋芋片，混入煎鍋裡。

「久等了～」

陽菜像唱歌一樣說完，把放在餐盤上的料理端來。

「哇啊……」

我不禁發出讚嘆。混入洋芋片的大分量炒飯中央，打了帶有光澤的生蛋，周圍環繞一圈小小的葉子。大盤沙拉裡加入好幾塊剝開的雞湯泡麵。

「菜名是——呃，麻油香豆苗洋芋炒飯，加上脆脆口感雞湯沙拉！」

「好厲害……」

面對一下子就完成的獨創料理，我由衷感動，肚子也突然強烈地餓了起來。這時陽菜突然拍了一下手，站起身說：

「我忘了蔥！」

陽菜從廚房拿來一個玻璃杯，裡面長了茂密的青蔥。她用剪刀剪碎，直接讓蔥花掉落在湯裡。漂浮著鬆軟蛋白的中式湯裡，轉眼間就增添鮮豔的綠色。

「——你來東京以後，覺得怎麼樣？」

陽菜又忽然問我。

「嗯？對了……」我又說出現在的心情。「好像已經……不悶了。」

陽菜看著我，笑咪咪地說：

「真的？那太好了。來，開動吧！」

我們同時合掌喊：「開動。」我用湯匙劃破蛋黃，把滿滿的飯、豆苗和洋芋片同時放入嘴裡。

吃完之後，我才發覺到，自己人生中品嘗過最美味的食物，在這一個月當中更新了兩次，而且兩次都是同一位少女帶給我的。

「帆高，你這是認真的嗎？」

陽菜看著我的筆記本，懷疑地問。筆記本上用很大的字寫著：『送上好天氣！』下面則寫了設計案、委託方式和收費方式。這是我想出來的「晴女生意」網站設計圖。飯後的矮桌上，擺了我從辦公室帶來的 iPad 及鉛筆、橡皮擦、便利貼等文具。iPad 畫面顯示著用ＡＰＰ製作的網站草稿。

「陽菜，妳是真正的晴女吧？」我再次確認。

「嗯。」

「只要向天空祈禱，天氣就會放晴。」

「嗯。」她一副這沒什麼的態度點頭。

「那麼——」

「可是，如果天氣沒有放晴怎麼辦？」她打斷我的話。

「妳辦不到嗎？」我用試探的口吻詢問。

「辦得到！」

「那就來做吧！妳需要工作吧？」

「是需要沒錯……可是靠這種方式賺錢，總覺得……」

陽菜邊喃喃自語，邊用叉子戳便利商店的小蛋糕。我斜眼瞥了她一眼。

「基本上……」我望著她怎麼看都不像比我年長的童稚臉孔、細細的脖子和纖瘦的手臂、單薄的身體和弱不禁風的腰，還有和夏美比起來過度清瘦的雙腿。

「要妳去酒家之類的地方工作，太勉強了吧……」

「什麼？」陽菜忽然停下戳蛋糕的手。

「嗯？」

「帆高……」陽菜挪動身體遠離我。

「怎麼了？」

「你在看哪裡！」

「我沒有看哪裡！」

我反射性地回答，接著冒出大量汗水。

「唔……」陽菜以懷疑的眼神瞪著我。糟糕，被發現了。難道說女生百分之百知道男生的視線在看哪裡的那個傳聞是真的嗎？我該道歉嗎？

「對不起……」

我小聲說出口，陽菜立刻笑出來。我不知道她到底是真的生氣還是在開玩笑。陽菜快速變化的表情，對我來說像拼圖一樣難解。我覺得自己好像被彩虹色的暴風吹拂。

「呃，五千日圓會不會太貴了？」

陽菜拿著 iPad 突然問。

「妳也這麼覺得嗎？要不要改成三千日圓左右？」

我選擇文字，然後重新輸入數字。

「嗯~可是考慮到生活，的確……」

陽菜喃喃自語，然後提議三千五百日圓。我又說：

「可是太便宜的話，感覺會很像騙人的……要不要乾脆主打有錢人市場？叫價一次五萬日圓！」

「我才不要做那種事！」

我們七嘴八舌地討論，專注投入地製作網站。

「要不要乾脆採取成功才收費的方式？」

「也對，就採開放性價格。」

「也許可以推第一次免費來製造話題？」

「這也是個辦法。不過想到生活，還是……」

「網站會不會太單調了？好像應該加上插畫。」

「啊，我來畫吧！」

「……這是什麼……河馬？」

「……這是青蛙。」

「咦？真的？」

「——做好了！」

不知不覺中，外面已經天黑了。窗外可以看到遠處奔馳的新幹線燈光。

我們忍不住異口同聲地歡呼。完成的網站有大太陽的圖案，以及「送上好天氣！」的彩色文字。穿著黃色雨衣的粉紅色青蛙旁的對話框裡寫著：「百分之百的晴女！」再旁邊是標示含稅三千四百日圓的推車圖案，以及「選擇日期時間」、「想要放晴的地點」、「電子郵件」、「想要放晴的理由」的輸入表格。

我把手指湊近APP的「公開」按鍵問她：

「我要上傳囉？可以嗎？」

這時，公寓的門突然「喀嚓」一聲打開來。

「我回來了。姊，今天沙丁魚比較便宜……嗯？你是誰？」

看到我皺起眉頭的，是背著書包、提著超市袋子的小學男生。

「咦？啊，你是……」

我不禁喊出聲。髮絲柔順的短鮑伯頭、細長的眼睛、年紀小小五官卻很端正的臉孔——他就是我之前在巴士上看到的超人氣兒童。

陽菜問：「怎麼了？你們兩個認識？」

「之前在巴士上看過……」

「哦。」陽菜站在我們之間主導現場，以手勢迅速介紹兩人：「帆高，這個男生是我弟，名叫凪。凪，這個人叫帆高，是我的生意夥伴。」

「什麼？」被稱為凪的男生顯得更加狐疑。

這時 iPad 傳來鈴聲。我看了螢幕大吃一驚。

「——天啊，真的有人來委託！」

「什麼？你已經上傳了嗎？」

「因為……哇，對方要求明天！」
「等、等一下，我們真的要做嗎？」
這時，電視上剛好在播放氣象預報。氣象姊姊很爽朗地宣布：
『明天大部分地區仍舊會下雨。』
「明天是雨天耶！」陽菜發出悲鳴。
「不是雨天就沒有意義了！」我也喊。
「怎麼辦？我開始緊張了。那是什麼樣的委託？應該只是小孩子在許願吧？」
「呃……上面是說，要舉辦跳蚤市場，希望能夠放晴。」
「那不是很正式的請求嗎？」
凪不理會驚慌失措的我們，酷酷地把食材收進冰箱。陽菜用快要哭出來的表情對我說「怎麼辦怎麼辦怎麼辦」，我拚命鼓舞自己要想想辦法。
「陽菜，別擔心，我也來幫忙！」
「怎麼幫？」
「不要緊，交給我吧！」
好，今天就來通宵吧——我下定決心。

隔天早晨當然也下著雨。

「陽菜，請用這個！」

當陽菜出現在公寓的共用走廊，我便遞出黃色雨傘。

「這是什麼？」

「妳打開看看吧！」

陽菜一打開傘，就跳出好幾個晴天娃娃。這把晴女專用傘的八條傘骨各掛了兩個，一共掛了十六個晴天娃娃。連我自己都覺得是力作。

「——抱歉，我不需要。」陽菜立刻闔起傘。

「什麼？」

我大受打擊。不過——

「可、可是，還有一項祕密武器！」

我指著公寓的階梯。

作。

「叩、叩、叩」的腳步聲接近。

出現的是身高一百四十公分、巨大晴天娃娃的布偶裝。連我自己都覺得是力

「——抱歉，我不需要。」

「什麼？」

「帆高，別開玩笑！」

凪用力拆下晴天娃娃布偶裝的頭部，滿面通紅地喊。

跳蚤市場的會場在御台場。

夾在富士電視台與希爾頓飯店之間、宛若戲劇背景般豪華的行人專用步道上，排列著跳蚤市場的棚子，零零星星的購物客人撐著傘往來其間。我們三人站在突出到東京灣的瞭望台上，拚命向天空祈禱。呼喚晴天當然是陽菜的工作，不過為了盡最大的力量支援，我不停轉動著晴天娃娃傘，凪也（乖乖地）以巨大晴天娃娃的姿態，在陽菜周圍繞著圈圈跑。自稱晴女的女高中生、拿著掛了十六個晴天娃娃的黃傘轉動的男高中生，還有穿著白色布偶裝、像是在跳舞般跑來跑去的小學男生——

我們看起來大概像在進行很可疑的儀式吧。
委託我們的跳蚤市場主辦人的棚子裡，傳來了壓低聲音的對話：「是誰叫那種人來的？」
「我想說可以討個吉利……」
「喂，你們幾個！」年邁的大叔拉開嗓門喊。「大概弄一弄就可以了。」
「快要好了！」
我邊回答，邊感到越來越焦慮與擔心。
「陽菜，要不要補充水分？」
「姊，要不要吃糖？」
陽菜不理會亂了方寸的我們，微微冒汗，雙手交握專心祈禱。就在這時候——
「不會吧？竟然放晴了！」
聲音是從主辦人的棚子裡傳來的。
我抬頭仰望天空，不禁發出驚嘆。
厚厚的雲層分開，耀眼的太陽露臉。先前還有些寒冷、不像七月的天氣，此刻氣溫卻不斷上升。灰色的海水變成鮮豔的藍色，彩虹大橋綻放白色的光芒，行駛在橋上的每一輛車似乎都喜悅地反射著光。

「怎麼樣？」

陽菜跑向跳蚤市場主辦人的棚子，氣喘吁吁又得意地問。

「太驚人了！」

「你們好厲害，根本是真正的晴女嘛！」

走在行人專用步道的人也都收起傘，抬頭仰望天空，好似在享受難得的晴天。

看似負責人的年邁大叔大聲說：「就算是碰巧，也太厲害了！」

「才不是碰巧！」巨大晴天娃娃抗議，被我笑著制止。

「來，兩萬日圓就可以了嗎？」大叔邊說邊遞給陽菜鈔票。

「咦？太多了啦！」

「妳很可愛，所以多給一點小費！」

「組長，你這樣的發言算是性騷擾喔！不過這個女生的確很可愛。」

「晴天跟雨天的營收完全不一樣，兩萬日圓算便宜了。」

「一開始原本想說怎麼找來這麼奇怪的一群人，沒想到他們這麼厲害。」

「晴天娃娃好可愛，是自己做的嗎？」

大家紛紛稱讚我們、稱讚陽菜。雖然不知道他們相不相信晴女，不過大家看起來都很開心。

我們穿過熱絡的跳蚤市場，來到百合海鷗號的車站前，停下腳步互相看著彼此的臉。今天早上來到這裡時的緊張心情，似乎已是很遙遠的往事。此刻的我們無法隱藏發自內心的喜悅。

「太棒了！」

三人忍不住跳起來擊掌，搖晃著全身大笑。好奇地回頭看我們的路人臉上，似乎也因為久違的晴天而綻放笑容。

「姊，妳太厲害了！」

「嗯，我好像可以辦到！」

「好，靠天氣來賺錢吧！」

「沒錯！」

三人高舉拳頭。

我們的「晴天生意」就這樣開始了。

委託人A　任職於東京都內IT企業　新郎T夫（三十一歲）

我一開始聽說的時候也覺得很愚蠢。

不過女人好像都滿喜歡這類東西吧？像是占卜、開運商品、風水、能量景點之類的。她在選擇新家的時候也想請人看風水，會在臥室擺帶來幸福的盆栽也會買熊手〈註7〉，看到神社也會一一參拜。只是這點程度的話，我不太在意，反而覺得有些安心。

所以我想說，如果這樣能讓她安心也不錯，而且價格滿合理的，於是就申請了。我滿喜歡參加網路上的群眾募資活動，或是給街頭藝人一點錢。就像是買個體驗，即使不成功也沒關係。

而且說真的，我還是想看到將來的妻子在晴空下披白紗的模樣。

委託人B　都立S高中一年級　天文社社員A香（十五歲）

今年夏天不是一直在下雨嗎？

電視上也說這是異常氣象，提到地球暖化、氣候變遷、氣溫極端化、異常終於變成平常之類的。爸媽也老是碎碎念，說春天和秋天不見了，以前的四季變化更豐富。嗯，我相信這的確是很嚴重的事情。

可是還有更重大的問題吧？

那就是戀愛！我跟學長的戀愛發展！

我之所以會進入天文社，當然是因為有學長在。這次的英仙座流星雨觀測合宿，就是最後的機會了！如果下雨，合宿就要喊停！

前一陣子的七夕也因為下雨，織女和牛郎沒辦法相會，太可憐了。為了向星星許願，我希望那天晚上一定要放晴！

〈註7〉「熊手」是日文的耙子，取其「匯集」的用途做為庇佑生意興隆的吉祥物，在竹製耙子上做各種裝飾，於祭典的市集販售。

委託人C　打工族　角色扮演玩家K美（二十七歲）

我打工的那家居酒屋根本是黑心企業。就是那種美其名為「工作意義」，實際上只是在剝削勞工，把職場上的幸福跟自我實現混為一談，既不合理又不公平。另一個打工地點的奧客也讓我很受不了。有些只想找人聊天的寂寞人士，或是想找人抱怨說教、自以為了不起的傢伙，都喜歡打電話到顧客服務中心。

不過我之所以要兼那麼多差，是因為很喜歡角色扮演。我一直和志同道合的好朋友一起活動，從 mixi〈註8〉時代就認識了。我們利用打工得到足夠的金錢和時間，剩下的全都獻給興趣，自己買材料來手工縫製衣服，今年夏天的目標是參加 Comic Market。

所以，我當然希望那一天是晴天。

雖然雨天也可以舉辦角色扮演活動，可是實際上天氣會影響心情吧。不只是心情，連身體狀況都會因為天氣改變，頭痛或肌膚狀態也跟天氣息息相關。

夏季 Comic Market 還是希望可以在晴天的會場舉辦，面帶笑容和大家拍照吧？

委託人D　經營個人商店　賽馬迷K太郎（五十二歲）

我當然只是當作興趣而已，不過我的回收率是百分之九十七。一般平均是百分之七十五左右，所以我已經算是很擅長了。反正我會在不惹老婆生氣的範圍去玩賽馬。

賽馬是複雜的推理遊戲，跟樂透不一樣，不是靠運氣，而是要考慮馬的血統、馬和騎士的搭配程度、比賽的平衡、如何解讀過去的資料、決定要以什麼為主軸來買馬券。這種遊戲真的很難，不過的確存在著勝利方法。只要增加預測的精準度，就能獲得一定的勝率。這是數字和實際狀態密切相關的世界。

問題是，我喜歡的馬很不擅長在雨天比賽。

委託人E　港區區立幼稚園孩童N菜（四歲）

運動會那天，我想在外面賽跑。

〈註8〉　二〇〇四年開始營運的日本社群網站，曾經盛極一時，後來因為臉書、推特等進入市場而衰退。

評價A

當天來的是三個孩子，其中一個還是十歲左右的小學生。我很驚訝，差點問他們知不知道勞動基準法。不過三人當中的女生好像是大學生，應對很得體，高中生的少年和小學生也都很有禮貌，三個孩子都給人很好的印象。

——嗯，真的放晴了。太厲害了。婚禮是辦在表參道的屋頂上，可以看到Hills附近照常在下雨。沒錯，只有我們所在的周圍放晴。和全部放晴的景色比起來更美，只有雨水帷幕的內側閃耀著陽光。雨大概停了一小時左右，真的是一段很美好的經驗。

怎麼說呢？在晴空底下，同樣的笑臉會有不同的光輝。我看到穿新娘禮服的她，想到自己今後要和這麼美的人共度人生，就覺得很感動。

她開價三千四百日圓未免太便宜，我實際上付了五千日圓。我們太高興了，還跟扮演晴天娃娃的孩子拍了三個人的紀念照。

評價B

合宿那天晚上，我們在學校的屋頂觀賞流星雨的時候，學長說：

「如果這世界看不到星星，如果人類不知道有其他星球存在，牛頓物理學或相對論、量子力學大概都不會被發現。人類想必會一直認為自己是世界的中心，永遠傲慢而無知。然後——」

「然後……？」

我看著學長的眼睛。他就像漫畫的男主角，眼鏡後方的眼眸閃爍著光芒。

「然後也不會發覺到，自己是這麼孤獨的存在。」

哇！太帥了——我差點這樣大叫。學長實在是太感性了！

晴女只要三千四百日圓，太便宜了。超級推薦！

評價C

太陽照下來，東京國際展示場那座很像變形機器人的三角屋頂發著光。天氣難得那麼熱。我在網路上搜尋了不會流汗的方法，雖然一點用都沒有，不過我還是很開心。我和朋友兩人扮演第一代光之美少女——就是白色和黑色的造型。大家的相機鏡頭都閃閃發光，讓我覺得自己好像站在特別的舞台上。

我實際感受到，太陽光真的是能源。身體好像在進行光合作用，體內湧起力量和活力。我覺得只支付定價真的不夠，所以把一大早就去排隊買到的稀有本子也送給他們。真希望哪天可以跟那位晴女一起玩角色扮演。她的身材很瘦，大大的眼睛感覺有點好強，皮膚雪白，不管穿什麼一定都很合適。

評價D

因為從早上就在下雨，所以那傢伙當然被列為冷門馬。不過多虧晴女來了，在賽馬即將開始之前，賽馬場的天空出現太陽——於是那傢伙就贏了！而且是第一名！我不知道有多少年沒這麼興奮。我贏了人生第一張十萬日圓馬券。馬券只要在六十天以內都能換錢，所以那張馬券我還沒拿去換錢，供奉在神壇上。

這次的事情讓我思考了一些關於機率和統計的問題。

妳知道嗎？人類的感情會影響到亂數產生器。

亂數產生器是依據量子論隨機輸出0和1的機器，不論什麼時候，機率都是二分之一。不過當遇到大災難或盛大的活動、有很多人的情感大幅波動的瞬間，機率就會徹底變化。實際上，這樣的現象已經在全世界被觀測到好幾次。

於是我就想到，人類的願望或祈禱會不會真的具有改變現實世界的力量。我們的腦袋不是只關在頭蓋骨裡面，而是以某種形式和世界連結。就像手機和雲端，雖然看不見但是聯繫在一起。比方說那傢伙跑第一的時候，那麼強烈的興奮不可能只收放在我的腦中。

所以說，我猜那個女生的能力，大概類似接收每個人的想法，再將其傳遞給世界吧。

如果只給她三千四百日圓的謝禮，一定會遭到報應。雖然說給小孩太多錢不太好，不過我還是付了更豐厚的報酬。啊？這個嘛，金額就不太方便透露了。

評價E

可以在外面賽跑，我很開心。

晴女姊姊說，不用給她錢，可是我還是付了五十日圓。

早上七點，我醒來了。
我收拾了前晚須賀先生他們喝完後亂放的空罐和下酒菜，然後稍微打掃一下洗手間。用烤盤烤特價鮭魚切片的同時，我迅速切了洋蔥，用預先做好的湯頭燉煮，又把自家栽培的青蔥加入鍋子裡，放入豆腐和味噌，在煮沸之前切了秋葵，跟納豆一起攪拌。
今天跟昨天同樣下著連綿不斷的雨，彷彿地球停止運行，季節也完全停止變化。我望著這樣的窗外景色獨自吃早餐，接著花了一整個上午整理收據和請款書，並剪下公司參與製作的雜誌報導歸檔。
過了中午，我把須賀先生和夏美的早餐擺在桌上。他們差不多要起床了。我留下「味噌湯在鍋子裡」的字條，朝須賀先生的房間說聲「我走了」離開辦公室。
我和凪兩人一起在國立競技場站下了電車。

車站內外都擠滿人，有不少人穿著浴衣。東京體育館旁邊的路上，大家都撐著傘緩緩走向神宮外苑。

「我是第一次到現場看！超期待的！」

「不過看樣子，應該會因為下雨延期吧？」

「聽說中午過後才會決定。」

「已經過中午了。」

「人家特地換了衣服出門，好可惜。」

「不對，現在放棄還太早！」

路人七嘴八舌地討論，處處可見拿著紅色誘導燈的警察，也能聽見負責廣播的警察管理交通的聲音。警車電子布告欄上流動著「防恐實施中」的文字。

不久就看到巨大的白色圓頂建築，我不禁高喊：「哇！奧林匹克會場！」凪嘲笑我：「帆高，你真是典型的鄉巴佬進城。好了，女朋友在等我。你轉告姊姊，請她加油吧。」

我和凪道別，前往六本木 Hills。

「我們在網路上得知，有很厲害的百分之百晴女，口碑評價似乎也很不錯。」

脖子上掛著員工證和入館許可證、西裝筆挺的男人以愉快的口吻說道。

「可是這麼大的活動，竟然要依賴晴女……」

我想到剛剛看到的會場情況，因為規模太大心生不安。我們此刻搭乘的電梯是木質內裝，加上磨亮的金屬天花板和地板，感覺像設置在宮殿的電梯般金碧輝煌。四十六、四十七、四十八——樓層顯示流暢地移動。西裝打扮的委託人即使面對像我這樣的小孩子，也依舊保持有禮的語氣。

「不是這樣的。我們並沒有把活動的成功與否全賭在晴女身上。你們完全不需要感到壓力。」

男人溫和地微笑著說。

「對我們來說，下雨是每年要擔心的事，實際上也常常因為下雨被迫延期。這點是不能勉強的。只是今年的情況有點誇張。」

男人苦笑著搖頭，似乎感到無可奈何。

「即使要延期，但天氣預報直到月底之前都是雨天。這種情況下，不論是巫術或求神都可以，總會想要試試吧？」

他用帶著興奮期待的表情這麼說。果然大家都一樣——我聽完他的話，再次確認這樣的想法。

今年的東京持續下雨，有許多人為了各自的理由追求晴天，所以我們的「晴天生意」超乎想像地受到好評，百分之百的晴女在網路上幾乎已經成為傳說。陽菜能夠呼喚的是有限範圍內的短暫晴天，不過似乎反而因此增加她的神祕性。大家意外地很能接受晴女的存在，就像有點特別的護身符，或是很有效的晴天娃娃。這點讓我感到不可思議。

電梯內響起柔和的「噹～」一聲，告知已到達目標樓層。我感覺到電梯彷彿失重般減速，突然緊張起來，看著站在我前方的浴衣背影。鮮豔的向日葵花紋浴衣包裹著瘦削的身體，紮高的頭髮突顯出白皙纖細的脖子。陽菜似乎發覺到我的視線，突然回過頭，像是要讓我安心般笑了笑。

風雨交加的六本木 Hills 頂樓的 Sky Deck 觀景台，讓我聯想到船的甲板。

樓頂以寬敞的直升機場為中心，設置著好幾根類似杆子的天線，其中幾根的尖端緩緩閃爍著聖火般的紅光。下方的地面籠罩在薄霧當中，從霧中突出的大廈群簡直像是伸出海面的古代柱子。夜晚還沒有來臨，街上卻已經處處亮起燈光。

陽菜在這片巨大的頂樓上，直接朝西邊——也就是夕陽應該在的位置走過去。我們留在頂樓出口，注視她宛若無敵運動員的前進步伐。不久，陽菜到達西邊的盡頭，像平常一樣雙手交握閉上眼睛。她就是像這樣把我們、把大家的心願傳送上天空。

我深深吸入一口氣，讓肺部充滿新鮮的空氣，然後緩緩交握雙手，閉上眼睛。風雨吹打在我的肌膚上，晃動我的頭髮。肌膚明確地告訴我，世界和我是隔開的。

我在腦中慢慢地數數，一、二、三、四。這時思考的部位——腦部的位置變得格外明顯。我把這些數字分散到全身，想像著數字混入鮮紅色的血液，從腦部流到身體的樣子。思考和情感混雜在一起。我變得能夠用腳尖思考，能夠用腦部感覺。

逐漸地，全身上下洋溢著奇特的一體感。我和世界之間的界線溶解了。自己是風、是水，雨是思考、是心靈。我是祈禱、是回聲、是環繞自己的空氣。奇妙的幸福與哀戚擴散到全身。

接著緩緩地，我開始聽到聲音，就像是成為語言之前的空氣震動。那大概是人類的願望——具有熱度，具有節奏，帶有意義。它擁有改變世界樣貌的力量。

陽菜前方的天空綻放橘色的光芒，她的頭髮和浴衣鑲上金色的邊框。

雲層撥開，夕陽露出臉。

「哦哦！」一群穿西裝的大人發出驚嘆，我也瞪大眼睛。不論看幾次，都會產生目睹神聖畫面的心情。這種心情好似出其不意地和神明對上眼，全身微微顫抖。夕陽將我們都染成紅色。全東京的大廈彷彿燃盡前的蠟燭迴光返照，綻放強烈的光芒，接著夕陽緩緩地下沉到遠方的稜線。

天空不知何時盤旋著幾台新聞媒體的直升機。外苑的廣播乘著風傳來。

『神宮外苑煙火大會依照預定計畫，晚上七點開始舉辦——』

接著，盛大的煙火衝上天空。

煙火照亮多雲的天空，比綻放在晴朗的天空中更加光彩奪目。煙火閃爍，揚起彩色的煙霧，幾千片窗玻璃閃閃發光。群眾的歡呼聲乘著風傳來。

我們獲得特別優待，直接坐在六本木 Hills 的頂樓欣賞煙火。雨水洗滌過的空氣有些涼爽、令人懷念，讓我忽然產生強烈既視感，覺得很久以前好像也曾在這裡聞到火藥的氣味。或是在很久以後的未來，我會在陽菜旁邊，再度聞到相同的氣味。我發現自己正在祈禱，以強烈到自己都感到惶恐的程度，希望後者能夠成真。

「——我很喜歡。」

「咦？」

我不禁轉頭看旁邊。陽菜的眼睛看的不是我，而是直視著煙火。

「我很喜歡晴女這份工作，好像終於了解到自己要扮演的角色——」

陽菜轉頭盯著我的眼睛。

「才怪的才怪的才怪。」

「啊？」

聽到她突然連珠炮般地說話，我不禁扳起指頭數。

「才怪的才怪的才怪的才怪……咦？到底是怎樣？」

陽菜發出打從心底覺得好笑的清脆笑聲。

「你太認真了。」

我又被她嘲笑了。

「所以謝謝你，帆高。」

轟！頭頂上傳來聲響，陽菜再度仰望天空。格外巨大的光之花朵邊閃爍邊散落。

「……好漂亮。」

她說話時側臉對著我，我的視線無法從她的臉上移開。

我心想，天氣真的很神奇。單只是天空的狀態，就能如此撼動人心。

而我的心也為了陽菜悸動。

『哦，那份企畫案啊？的確有收到。』

編輯以一副事不關己的口吻這麼說。我在電話中聽到有人喊：『坂本先生，請過來一下。』

「啊，很抱歉，可以稍等一下嗎？」

坂本放下聽筒，發出刺耳的「鏮」一聲。

我單耳聽著編輯部忙碌的吵雜聲，心想這下子又不行了。我考慮乾脆掛掉電話，但畢竟還是不能這麼做。寂靜的辦公室裡只有我一個人，聽到的是雨聲與低調播放的串流廣播聲音。

『昨天晚上舉辦神宮外苑煙火大會，都心一帶奇蹟似地遇上晴天。不過今天卻像是反作用一般，再度出現豪雨。都心現在的氣溫是二十一度，大幅低於往年，涼爽的氣溫不像是八月的天氣。創下紀錄的連續降雨日數和冷夏，導致農作物價格高漲。萵苣一公斤的價格接近去年的三倍——』

我按下停止鍵切斷廣播，這時坂本終於回到電話旁。

『須賀先生，讓你久等了。呃，是關於先前收到的企畫吧？嗯～很抱歉，依開會的結果，我們沒辦法挪出版面……』

我用紅色原子筆在企畫案標題上打叉。「追蹤傳說中的晴女！異常氣象是蓋亞的意志」沒被採用，另外還有「沉睡於歌舞伎町的弁天與龍神之黃金傳說」、「尋找通往裡世界的電梯」、「東京鐵塔是通往靈界的電波塔」等等也都打叉。我對幾家雜誌社提出企畫案，本週通過的只有「四十多歲的記者賣命採訪！強精藥完整報導」。

「這樣啊……不會，好的，下次我一定會努力，請多多指教。」

我按捺情緒輕輕掛上聽筒後，自然而然地啐了一聲，粗暴地打開抽屜，在裡面翻找到一盒香菸。我取出一根菸叼在嘴裡，這時聽到鈴鐺的聲音。

——喵～

小雨跳到桌上。這是帆高擅自撿回來、飼養在辦公室的小貓。牠脖子上掛著小小的鈴鐺，抽動鼻子聞了香菸前端的氣味，再度發出「喵～」的叫聲，用玻璃珠般的眼睛凝視著我。

「……幹嘛？」

我覺得自己好像受到責難，嘆了一口氣，把還沒點燃的香菸折成兩半，丟到垃圾桶裡。事實上，我正在挑戰不知第幾次的戒菸。我想起戒菸理由，一鼓作氣地再次拿起聽筒，下定決心撥打間宮太太的電話。鈴聲響了幾次後，聽到一板一眼的聲音：

『喂，這裡是間宮家。』

光是聽到聲音，我就覺得好像被那位高雅的老婦人責罵。我努力伸直駝起的背，打起精神一口氣說：

「間宮太太，我是圭介。很抱歉好像在催促您，不過上次拜託的面談——」

『又是這件事？』間宮太太喜怒不形於色地說。『我不是拒絕過了嗎？她不能在雨天外出。』

「間宮太太，我也有見她的權利——」

『這種天氣讓她外出，要是氣喘變嚴重了怎麼辦？下個週末反正也會下雨吧？』

我忍住差點冒出來的嘆息。這個人總是這樣。

「那麼，如果是晴天呢？」

『啊？』

「週末如果是晴天，可以讓我們見面嗎？」

我看著雨水，說出想了很久的提議。我也覺得自己說了很蠢的話。

『……這場雨下這麼久，大概有好一陣子都不會放晴。』

「所以我說的是萬一放晴的狀況。我會開車到大廈樓下去接她。」

『……到時候再說吧。』

間宮太太說完就掛斷電話。

「小圭，你太慢了！這是很重要的採訪耶！」

我坐進本田的輕型車，等得不耐煩的夏美便這麼說。我們正要去採訪夏美約好的對象。這傢伙的工作是我的助理，不過她的個性原本就喜歡與人交際，比我更熱心進行採訪工作。我連回都懶得回，默默坐在副駕駛座，大刺刺地把腳放在儀表板上。

「哎唷，臉真臭。工作的企畫案被拒絕了嗎？」
她猜中了。我沒有回答，只是擺著臭臉問：
「帆高呢？」
雨刷忙碌地擦拭著前窗玻璃上的雨水。
「因為有別的兼差工作，沒辦法來？」
我打開手機的位置分享應用程式，淺藍色的GPS圖案顯示著現在位置。我們正沿著新目白路往西前進，帆高的現在位置則在隅田川以東的曳舟附近。那裡是下町〈註9〉。他在那種地方打工？
「那傢伙最近常常蹺班。」
「有什麼關係？反正本公司最近也滿閒的。」
握著方向盤的夏美毫不在乎地說出傷人的話。沒錯，K&A企畫公司的工作最近的確減少了，而且夏美到現在總算開始求職活動，今天也穿著正式的襯衫和窄裙。她的外表很搶眼，又有讓現場氣氛活潑起來的能力，如果認真去求職，一定很快就能得到成果。即使如此，她任性地來又任性地走，實在讓人火大。

「竟然擅自撿貓回來養，明明是借宿還那麼厚臉皮。」

我把對夏美複雜的不滿情緒宣洩在帆高的行為上。但事實上，我自己也老是叮嚀夏美「快點去找家正當的公司上班」。夏美本人以從容的表情回應：

「跟你一樣吧？」

「啊？」

「你沒辦法丟下他不管吧？因為跟自己很像。」

「……什麼意思？」

夏美握著方向盤，仍舊看著前方回答：

「所以說，帆高大概是把小雨這隻野貓的境遇跟自己重疊在一起，就跟小圭撿回帆高的理由相同。」

我不知道該如何反駁，壓下想說的話，臭著臉看向窗外。濕答答的灰色街道往

〈註9〉「下町」原指地勢低窪、靠近河岸或海邊的地區。江戶城於今日東京築城時，出於軍事等考量建於台地上，因此武士住所多半集中在台地，外圍的低窪區則是庶民的商舖及住所。所以下町即是傳統庶民區。靠近東京灣的上野、淺草等均屬於下町。

後方流動。

「對了，你到底付給帆高多少月薪？」

她突然詢問，我便無言地豎起三根手指。夏美驚訝地喊：

「什麼？才三萬？太便宜了！」

咦？

「不是……」我不知道該不該說出來，支支吾吾地說：「三千……」

「什麼！」夏美的表情變得越來越凶狠。「你是認真的嗎？月薪三千？太便宜了！根本是超級黑心企業！你會被告到勞動局喔！現在的年輕人動不動就會去告發。不對，連我都想去密告了！」

車子的速度加快，夏美不斷追過前方車輛。我冒著冷汗辯解：

「可是我有給他飯錢，住宿又免費，手機費也是公司出的，還讓他把貓帶回來養……應該沒關係吧？」

「天啊！」

夏美一臉不敢置信的表情瞪著我。

「怪不得他要找其他地方打工……」

在屋簷低矮的日式平房集中的區域後方，出現巨大到驚人的晴空塔。在那後方，雲層變得稀薄，露出太陽。

「哎呀，沒想到真的放晴了。」

委託人立花富美女士仰望屋簷外的天空，欽佩地說。

「你們好厲害，停掉這個工作太可惜了。」

富美婆婆的年紀跟我的祖母差不多，是一位典型的下町老太太，說話充滿活力。我和富美婆婆並肩坐在緣廊。陽菜在小小的庭院中祈禱天晴，凪則替她撐起晴天娃娃傘。我望著兩人的背影回答：

「上次煙火大會被電視拍到之後，就接到大量的工作委託。」

電視新聞在報導煙火大會時，以「網路上流傳的晴女！」為標題，映出了陽菜的身影。雖然只是穿著浴衣的少女在大廈頂樓祈禱的短暫空拍影像，但是效果非同小可。晴女網站湧入大量委託案件，伺服器被迫暫時關閉。關閉前寄來的大量委託幾乎都是冷嘲熱諷的內容。

「我們沒辦法應付那麼多工作。今天的這件委託和下週末的委託是之前就預約的，結束這兩件工作之後，我們打算休息一陣子。她好像也有點累了……」

沒錯。陽菜雖然依舊充滿活力，但是最近我注意到，她的表情好像出現了些微的陰影。

「咦？有客人嗎？」

我聽到聲音，回頭一看有個男人從放置佛壇的房間走過來。

「瀧，你來啦？」

富美婆婆的表情變得柔和。被稱作瀧的這名青年髮色偏淺，看起來很溫柔。我猜他大概是富美婆婆的孫子。

「今天要舉辦盂蘭盆節的迎魂儀式吧？我想說要來幫忙。不過妳的客人還真年輕。你們是我祖母的朋友嗎？」

他以穩重的聲音詢問我們，三人便異口同聲地說「你好」。

「老公的『初盆』，至少希望能夠放晴啊。」

「哦？啊，雨真的停了，祖父以前就是個晴男嘛。」

瀧笑著穿上涼鞋，進入院子。我和富美婆婆從緣廊看著他點燃火柴燒起苧殼〈註10〉的背影。

「如果下雨的話，他大概也不方便回來吧。」

「回來？」

從院子回到屋內、不知何時開始替富美婆婆捶背的凪問。這個男生每次都很自然地就和委託人打成一片。

富美婆婆舒適地瞇起眼睛說：「盂蘭盆節是死人從天上回來的日子。」

「初盆是指死後最初的盂蘭盆節吧？」站在青年旁邊的陽菜詢問。

「對呀。」

「那我媽媽也是初盆……」

果然——我現在才知道。苧殼發出劈里啪啦的聲音燃燒，白色的煙裊裊上升。

富美婆婆問陽菜：

〈註10〉　剝掉皮的麻莖，用途為焚燒迎魂火及送魂火。

「妳媽媽也是在去年過世的嗎？」

「是的。」陽菜和凪點頭。

富美婆婆溫柔地說：

「那你們也一起去跨過迎魂火吧。媽媽一定會守護你們。」

「好的！」

迎魂火冉冉升起，好似被吸入雲層縫隙空出的一塊藍天。

「我老公會乘著那道煙，從對岸回來。」

「對岸？」

「就是彼岸。天空從以前就屬於不同的世界。」

陽菜舉起手一直凝視著天空。我忽然想到晴女眼中的天空不知是什麼模樣。

⸰ ⸰ ⸰

乘著風的龍悠然飛翔在天上。

巨大鯨魚從雲層探出頭，周圍飛舞著無數細小的天空之魚，好似乘著潮流。

「據說這是天氣巫女看到的景象。」

這間神社的神主以無比沙啞的聲音說話。夏美拿著正在錄影的手機，發出感嘆的聲音。

「這幅畫真的好神奇。魚飛在天上！還有龍！那是富士山吧？那上面也有龍。天空中到處都是生物。」

「真是壯觀。」

我也這麼說。這間神社的天頂畫的確和常見的雲龍圖很不一樣。雖然是畫著龍的天頂畫，但主題看起來不是龍。圓的周圍畫了一圈山脈，連同洶湧的雲朵及魚群，看起來好像共同描繪出一個世界觀。筆觸比水墨畫更細緻，接近大和繪。這間神社據說是在日本也很罕見、祭祀氣象的神社。對於能找到這種採訪對象的夏美，我感到有些欽佩。

「沒錯吧？」神主也顯得很高興。在神主旁站著一個穿運動服的小鬼，看起來像是剛從社團活動回來，對我們漠不關心地玩著手機遊戲，大概是負責看護爺爺的孫子吧。

「天氣巫女是不是像祈禱師那樣的人？」

我問神主問題，但是沒有得到回答。接著他用怒吼般的大嗓門問：

「啊啊？你說什麼？」

神主的外表與沙啞的聲音相符，顯得很蒼老，不過看樣子他連耳朵都不太好。我忽然想到，不知道他幾歲了。

「是不是像祈禱師那樣的人？」

夏美大聲替我轉達。神主停了半拍後，連連點頭說：

「嗯。巫女的工作就是要治療天氣。」

「好可疑……」我不禁喃喃自語。雖然是很適合神祕學雜誌的報導，但「追蹤傳說中的晴女！異常氣候是蓋亞的意志」這個企畫已經被拒絕了。我還沒有告訴夏美這件事。夏美興致盎然地詢問神主：

「要治療的，就是像今年這種異常氣候嗎？」

「……啊啊？這哪裡算是異常氣候！」

神主不理會被突如其來的大嗓門嚇到的我們，自顧自地激動說道：

「現在的人動不動就提到觀測史上第一次，擅自驚慌失措，實在太窩囊了。觀測史上第一次？從什麼時候開始觀測的？頂多也才一百年而已。你們知道這幅畫是什麼時候畫的嗎？是八百年前！」

「八百年前？」

夏美高聲喊，我也不禁目瞪口呆。如果是真的，那就是鎌倉時代。以雲龍圖來說，該不會是日本最古老的吧？神主此時不斷咳嗽，孫子撫著他的背說：「阿公，你不要太興奮了。」

神主好不容易停止咳嗽之後，繼續說：

「所謂的天氣，其實就是上天的脾氣。上天的脾氣不會管人類方不方便，不能用正常、異常來衡量。我們人類只是寄宿在潮濕而蠕動的天地之間，緊緊依附著避免被甩落。以前的人都很了解這一點。」

我聽著神主宛若來自地底的聲音，想起以前在某個地方看過的行基式日本圖〈註11〉。據說那是在這座島國經過實地測量之前，由一位僧侶繪製的古代日本地圖。看起來像融化的石頭、不說沒人會知道是本州的島嶼周邊，有一條看起來像龍蛇的巨大身體環繞。我們乘坐在龍的身上——這樣的想像奇妙地容易理解。神主的話語洪

〈註11〉　日本古代地圖，相傳為奈良時代的僧侶行基所繪製。

亮地迴盪在被雨聲包圍的本殿中。

「即使如此，上天與人類之間有一條細細的線連結。那就是天氣巫女。天氣巫女是很特別的人物，能夠將人類迫切的願望傳遞給上天。古時候在每一座村莊、每一國，都有這樣的人物。」

聽到這段話，夏美興奮地看著我。

「小圭，這就是晴女吧？」

以奇談來說的確是不錯。煞有其事的傳統，搭配現在流行的議題，這樣的報導很受編輯和讀者喜愛。我正想著這樣的念頭，就聽到陪同的小鬼開口問：

「請問一下，你們怎麼會來採訪我祖父？他年紀已經很大了，講的話不可靠吧？」

「沒這回事。這是很寶貴的資訊，幫了很大的忙！」夏美說話的同時，神主的拳頭也打在小鬼頭上。沒想到他火氣還滿大的。我感到有些安心。

「不過啊，任何事物都必須付出代價。」

神主的語調突然顯得哀愁，讓大家再度注視他的臉。

「天氣巫女有著悲傷的命運——」

「一、二、三！」

凪和陽菜跳過小小的迎魂火。

凪說「接下來輪到婆婆」，富美婆婆苦笑著回答「我不用了」，陽菜卻拉起她的手說：「一起跳吧。」

「謝謝你們陪我祖母。」

瀧把盛滿西瓜的盤子放在緣廊的地板上，在我旁邊坐下。

「沒有，我們今天其實是來打工的……」

我有些惶恐地這麼說。庭院傳來笑聲。我望過去，看到三個人最後還是一起跳過迎魂火。

「好像很有趣。」瀧瞇起眼睛說完，又問我：「你們幾歲了？」

「呃，凪是十歲，我是十六歲。她是——啊！」

我忽然想起陽菜以前說過的話。

「她應該快要十八歲了。」

陽菜房間的月曆上，凪的筆跡在八月二十二日寫了生日。

「生日！那就得送禮物才行。」

瀧愉快地這麼說，讓我不禁緊張起來。送生日禮物給女生？這樣的行為好像大幅超越我的能力範圍，不過我確實很希望讓陽菜高興。該怎麼做才好？我不禁陷入沉思。

「我切了西瓜，大家來吃吧！」

瀧朝著庭院呼喚，院子裡的凪和其他人便高興地喊：「太棒了！」遠處傳來微弱的雷聲。不知何時，天空再度烏雲密布，滴滴答答地下起雨。陽菜他們笑著跑回緣廊。

那天採訪後的回程路上——

我至今都還記得，在開車的途中，我一直對神主難以捉摸的談話感到心神不寧。當時我以為只是很老套的傳說故事之類的。不，直到今天，我還是不相信什麼天氣巫女或晴女。後來發生的幾個事件，應該都有其他更合理的解釋才對。

當時讓我感到心神不寧的，或許是更實際的理由，譬如拖欠的辦公室租金、不斷減少的工作、與間宮太太之間遲遲無法改善的關係。

另外還有讓離家出走的未成年人在辦公室待了一個月以上。而那個少年在我不知情的狀況下，做了驚天動地的事。

然而奇妙的是，不論怎麼想，我還是抱持同樣的想法——即使能夠對過去的自己提供建議，即使能夠一再重新選擇人生，在我和帆高相遇的瞬間，我一定還是會一再重複同樣的選擇吧。我至今仍舊抱持奇妙的信心這麼認為。

我是十六歲的高中男生。請問適合送給十八歲女性的生日禮物是什麼？

我按下「送出」鍵等了一陣子，很快就得到幾個回應。不愧是「Yahoo! 奇摩知識＋」，仍舊正常發揮。

【回答一】推倒就行了。

【回答二】現金五位數以上。

【回答三】房子。

【回答四】憑你求助社群網站這一點就沒望了。

嗯……

沒有最佳解答。勉強來說，應該是四吧。我其實也隱約察覺到，在網路上找不到人生的答案。我正苦惱著不知該如何是好，聽到女生興奮的尖叫聲便從手機抬起頭來。

凪射門得分了。

這裡是高架橋下的五人制足球場。凪正在參加練習比賽。隊友跑向他，口中紛紛喊：「凪，射得好！」「不愧是凪！」凪邊跑邊和每一個人擊掌，真是個陽光男孩。我最近幾乎開始尊敬起這個和所有人都合得來、年僅十歲的活潑男生。我想要徵詢凪的意見，因此特地到這裡。

「——當然是戒指，不用懷疑。」

凪以充滿自信的口吻這麼說。

「真的嗎？一下子就送戒指？會不會太沉重了？」

我驚訝地反問。我們並肩坐在比賽結束的賽場觀眾席。

「你是要送給姊姊當生日禮物吧？」

「嗯。我也詢問過別的女性，可是……」

我想起夏美的回答——
「收到什麼禮物會很高興？嗯～擁抱跟親吻、現金、正常的男朋友，啊，還有工作！」
「完全派不上用場……」我嘆了一口氣。她的回答跟「Yahoo! 奇摩知識＋」半斤八兩。「原來可以送戒指啊……嗯……」
我在煩惱的時候，幾個小學女生邊揮手邊喊「凪，拜拜～」然後走出賽場，凪也爽朗地對她們揮手。
「——帆高，你喜歡我姊吧？」
「咦？」我一時不知道他在說什麼，遲了片刻才緊張地喊：「咦咦咦咦咦？」
我好像突然被潑灑熱水般，連耳朵邊緣都變燙了。
「不不不，也不是喜歡之類的……等等，也許真的是那樣？不會吧……從什麼時候？該不會是從一開始？咦咦咦咦？」
我兀自感到混亂，凪以受不了的口吻說：
「喂，不明確表態的男人是最糟糕的。」
「咦？真、真的嗎？」

「交往之前，一切都要清楚說明白，交往之後就要保持曖昧。這是基本常識吧？」

我受到天啟般的衝擊。這是什麼價值觀？這是什麼戰略態度？我難得再度由衷感覺到東京好厲害。

「我、我可以稱呼你為『凪前輩』嗎？」

前輩以從容的笑容回應，然後忽然遙望遠方說：

「——自從媽媽過世之後，姊姊一直在打工。她一定是為了我那麼辛苦。因為我還只是個小鬼。」

我無言以對。看到前輩帶著微笑說這種話，我有種背脊被拉直的感覺。前輩已經成熟到能夠稱呼自己是小鬼。

「所以說，我希望姊姊也能享受青春。」

前輩用開玩笑的口吻這麼說，並伸出拳頭。我順著他的引導，也伸出拳頭輕輕碰了一下。這時前輩又笑了笑說：

「只是不知道帆高適不適合。」

「謝謝惠顧！」

女店員笑容可掬地遞出紙袋。我接過紙袋，卻仍舊留在原地無法離去。

「請問……」店員看到我默默無言，擔心地探頭看我的臉。

「請問！」我鼓起勇氣開口。

「是的。」

「請問……妳覺得對方收到這種東西會高興嗎？」

我低頭看著手上的紙袋問道。留著黑長髮、表情溫柔的店員有些驚訝，但接著露出笑容。那個笑容非常美，我彷彿戴上了防噪耳機，周圍的雜音瞬間歸零。

「——你在這裡猶豫了三個小時，不是嗎？」

店員的口吻變得像朋友一般親切。

「如果是我，一定會很高興。別擔心，對方也會很高興的。」

聽到這句話，我感到胸口熱熱的。我一直猶豫著在四千日圓的預算範圍內該買哪一款戒指，遲遲無法做出決定，而這個人就陪著我一起煩惱了三個多小時。她最後溫柔地微笑，對我說：「請加油。」我看著她名牌上「宮水」的文字，深深鞠躬致謝。

走出新宿 LUMINE 百貨時，外頭已經完全天黑了。撐傘的行人像平常一樣，忙碌地在街上來來往往。不知不覺已經看慣的高樓大廈燈光在雨中模糊地閃爍。我像是拉近遠方的景象般，試著回憶起兩個月前在同一地點絕望徘徊的那天晚上。當時的我還沒辦法像現在這樣深深吸氣。在舉目無親的這座城市，我覺得好像只有自己在說不同的語言，內心不安到極點。第一個為我帶來改變的，就是在麥當勞遇到的陽菜。

我抬起頭，看到街頭電視牆播放著一週天氣預報。畫面上出現「連續降雨日數達到觀測史上最長紀錄」的文字。不過我知道，明天陽菜去的地方，只有那段時間又會放晴。明天工作的委託人，是為了女兒希望週末的公園能夠放晴的父親。那將是我們最後的晴女生意。然後再過一天，就是陽菜的生日。我在心中擬定計畫，和凪三個人一起吃完蛋糕之後，就要送她戒指。

希望至少能夠讓陽菜多一次笑容——我在內心喃喃自語，隔著雨傘仰望下雨的天空。

我忽然想到，好像很久沒聽到蟬叫聲了。先前還被雨打濕的東京鐵塔，此刻在陽光照射下，宛若換上新衣一般，自豪地綻放光芒。

這裡是鄰近東京鐵塔的公園。在散發綠色植物氣息的草坪周圍，環繞著很大的寺院與嶄新的高樓大廈。從剛剛開始，就聽見小女孩用全公園都聽得到的聲音哈哈大笑。

「爸爸，剛剛那個再來一次！再來一次！」

「好是好，不過萌花，妳不會覺得難受嗎？」

「今天一點都沒問題。因為天氣很好啊！」

「好，來吧！」

須賀先生抓起女孩的雙手原地轉圈，他的女兒萌花發出從肚子迸發的笑聲。

「接下來換凪！讓凪來玩！」

「好啊，來吧！」

「哇～」

「糟糕，這個很傷腰部。」須賀先生捶著腰，走回我和陽菜坐著的長椅，插入我們之間重重地坐下來。

「……為什麼是你——」我瞪著須賀先生問。「難道說，你早就知道我在做這份兼差嗎？你明明知道卻沒有說出來？更重要的是，你竟然有女兒？」

須賀先生看著我，無言地露出得意的表情，接著他硬是跟陽菜握手。

「我實在是太驚訝了！天氣預報明明是百分之百的雨天！」

陽菜以微笑回應，讓我感到莫名焦躁。

「我女兒有氣喘的毛病，現在跟她外婆住在一起。如果是雨天，我就很難見到她。」

萌花在草坪上和前輩追逐玩耍。須賀先生瞇起眼睛看著女兒。原來這個人也會露出這種表情，讓我有些意外。不過在陽光中跑來跑去的兩人，的確像一幅圖畫一般美麗。

「——晴空果然很棒……」

須賀先生喃喃自語。仔細看，他的左手戴著銀色戒指。他用右手摸著那只戒指。我到現在才注意到他的手指關節突起，看起來頗為蒼老。
陽菜說：「原來須賀先生是帆高的上司。」
「沒錯，而且是救命恩人！」
他再度面露得意表情，說出連我都忘記的事。接著他摟著我的肩膀，興致勃勃地問：
「喂，你為什麼被直呼名字？」
「因為她比我年長兩歲……」
「啊？你是十五歲吧？不對，十六歲？那她就是十七、八歲？根本沒差多少嘛！」
我說「就是嘛」的聲音和陽菜說「才不一樣」的聲音重疊在一起。
「啊，原來你們在這！喂～」
我往聲音的方向望過去，看到夏美揮著手跑過來。
「糟糕！」我連忙小聲問：「須賀先生，不要緊嗎？」
「啊？」
「你有太太和女兒這件事，夏美……」

須賀先生壓抑著笑聲，用力拍打我的背。夏美來到長椅前方，露出詫異的表情看著我們問：

「怎麼了？發生什麼事？」

「帆高這傢伙，以為我跟妳的關係是——」

「等一下……」我正想說「不要說出去」的瞬間，須賀先生就說出來了。夏美瞪大眼睛，大聲喊：

「情婦？」

我紅著臉低下頭，看著自己滴落在地面的汗水，試著說明：

「因為都沒有人告訴我，你們是叔姪關係……夏美一開始也說『就跟你想像的一樣』……」

「帆高，你竟然有這種妄想，好噁心……」夏美以鄙夷的眼神看著我，須賀先生則笑嘻嘻地說：「用常識想就知道了。」我以求助的眼神望向陽菜，她卻瞇著眼睛喃喃說：「帆高好色喔……」真是惡夢。

「帆高，你呀……」

我聽到呼喚，轉向夏美。她彎下上半身，細肩帶上衣的胸口很深。

「現在是不是看了我的胸部？」

「我沒看！」

這不是陷阱嗎？夏美發出清脆的笑聲。

「啊，小夏！」

這時我看到萌花朝這邊大動作揮手。

「萌花～哈囉！」夏美也揮手回應。對了，這麼說她們兩人就是堂姊妹。

「爸爸～我幫你做了花環。給你！」

須賀先生的表情立刻融化。「真的嗎？」他從長椅站起來。

「喂，帆高也過來吧！」

「啊，前輩在叫我……我得過去了。」

我支支吾吾地說完，逃離這個場面。

「呵呵，帆高超好笑的。」

我聽到夏美在我背後對陽菜說話的聲音。

她是個很普通的女生。

我原本期待的應該是像巫女、神官、占星術師或搖滾天王一樣，感覺是被神靈附身、沉默寡言、令人難以親近的少女，但陽菜是個面帶笑容、活潑可愛的十幾歲女生。沒有染色的頭髮烏溜溜的，肌膚和嘴唇彷彿剛製作完成一般光滑。帆高和陽菜果然很年輕，讓我有些羨慕。

「——帆高太孩子氣了。好丟臉。」

坐在旁邊的陽菜看著帆高，有些生氣地說。原來他們是這樣的關係——我不禁露出微笑。帆高真的是很徹底的弟弟角色。

「你不覺得那兩個人很像嗎？」

「妳是指帆高和須賀先生嗎？」

小圭踩著欣喜的步伐，帆高則搔著頭，走向萌花他們那裡。

「嗯。小圭也是在十幾歲的時候，離家出走到東京。」

「咦？」

「須賀家在地方上是代代出議員的名門世家，小圭的父母親對他的期待也很高，小圭的哥哥又非常優秀，以第一名從當地升學名校畢業，理所當然地直接考進東大，到國外留學之後，現在擔任財務官員——話說這個人就是我爸。」

說到這裡，我笑了一下。

「順帶一提，我跟我爸也合不來，可是跟他弟弟小圭卻不知為何臭味相投，所以我一直在小圭的公司打工。」

咦？我邊說邊想到，為什麼我要對陽菜說這些話？

「姑且不提這個……」

陽菜果然還是有點神奇的氣質。她的大眼睛直視著我，好像要吸取我的心情。

「小圭在離家出走來到東京之後，遇到了明日花小姐，也就是他後來的太太。他們轟轟烈烈地談了一場造成雙方家族爭執的戀愛，最後結婚了。兩人共同創立編輯企畫公司，還生下萌花。那時候我也好高興。」

當時我才剛上高中。在醫院看到嬰兒時那股稍帶苦澀的感動，現在則變成心愛的花香般溫柔平和的心情。

「他太太在幾年前，因為車禍過世了。」

當時的事情說起來太複雜也太沉重，直到現在想起來還是很難受。我像是要改變話題般笑了笑。

「小圭其實到現在還是很專情。他應該也不是完全沒有異性緣才對。」

我望向小圭他們，看到他們正湊在一起認真地製作花環。萌花扠著腰，對一群男人下達指示。小圭的眼神顯得很幸福。

「帆高以前說過——」

陽菜突然開口。

「他說，須賀先生和夏美都很厲害，他第一次看到像你們那樣公平對待所有人的大人。他也說，夏美是個大美女，見到夏美的人都會喜歡上她。所以，我一直希望有一天能夠認識妳……」

「咦……」

「我今天很高興。帆高說得果然沒錯。」

不知為何，我可以感受到陽菜不是在說客套話，而是真的這麼想。

「我也一樣。」我不禁握住陽菜的雙手。「我一直想要見到妳。百分之百的晴女，實在是太厲害了！」

陽菜一臉驚訝的表情看著我。

「我一直在追蹤晴女的傳聞，也採訪過幾個實際見過妳的人。大家都很開心，多虧了妳，讓人生當中的幸福逐漸增加了！」

陽菜臉上從內而外綻放光芒，簡直像花開一般，感覺很神聖。她內心湧起的喜悅如同物理性質的光一樣耀眼，讓我不禁瞇起眼，講話的速度也不自覺地加快。

「這是只有妳才能辦到的事吧？像這樣擁有明確能力的人很罕見。事實上，這也是我目前的煩惱！我好想要可以寫在履歷表上面的專長喔。求職真的很煩。像陽菜這樣的超能力女高中生，根本就是完美的女主角嘛！」

陽菜嘻嘻笑了。

「我——」她邊說邊抬起視線。「想要早點變成大人。」

我不禁呆呆看著她的側臉——這樣啊……的確。我感覺自己好像遭到溫柔的斥責。

「……我好像放心了。」

「咦？」

我拿出手機。

「事實上，我去採訪的時候，聽到有點在意的消息……」

我尋找在那間神社採訪神主的影片。我告訴自己，不要緊的。陽菜是個對自己未來充滿想像的一般女生。她是個堅強的孩子，雙眼凝視遠方，以明確的口吻說自己想要早點成為大人。那個故事只是很常見的傳說故事。「天氣巫女有著悲傷的命運」──怎麼可能會有這種事？

我下定決心，按下播放按鍵。

天空下起小雨，轉眼間就從空氣中奪走熱度。我把夾克的拉鍊拉到脖子。萌花從剛剛開始就很痛苦地咳嗽。

「萌花，妳是不是累了？」

須賀先生取出氣喘病人用的吸入器，發出喀啦喀啦的聲音搖動。他摟著萌花，讓她咬住吸入器。

「來，吸進去，一、二、三。」

萌花照著拍子，深深吸氣。她吐了一大口氣，對須賀先生說：

「沒關係！我還要玩！」

我們各自撐著傘，來到公園附近的停車場。須賀先生把車停在這裡。點燈前的東京鐵塔彷彿巨人的影子，以變黑的天空為背景，俯視著我們。

「我們差不多也該走了。」陽菜對須賀先生這麼說，萌花便大聲喊：「不要！我還想玩！」

「萌花，跟大家在一起雖然很快樂，但是也很累吧？該回家了。」

「不要，我還想要跟凪在一起！」

萌花幾乎要掉下眼淚。夏美以開朗的聲音說：

「這樣好了，大家一起去吃晚餐吧！」

「太好了！我要去吃飯！」

「可是……」陽菜有些困窘地開口。

凪說：「這樣的話，我就繼續跟大家再待一會兒。可以嗎？」

「當然！」夏美回答，萌花便興奮地喊：「太好了！」須賀先生嘴裡雖然說「真拿你們沒辦法」，嘴角卻顯得很高興。

「帆高，你送姊姊回家吧。」

「啊？」

看到凪前輩豎起大拇指對我眨眼，我不禁心跳加快。

「陽菜！」

萌花從須賀先生的手臂跳下去，奔向陽菜，緊緊抱住她的腿。

「今天謝謝妳帶來好天氣！我真的好開心！」

陽菜露出滿臉笑容，我剎時看呆了。陽菜蹲下來，與萌花的視線齊平，對她說：「我才要說謝謝。萌花，謝謝妳這麼開心。」

不妙，不妙——

心臟兀自劇烈跳動。

搭上山手線之後，往濱松町站的路上我們依舊很少交談。陽菜站在電車門的旁邊，默默盯著窗玻璃上的水滴。我偶爾偷看陽菜映在玻璃上的臉，口袋裡的左手一直握著小小的盒子。這是昨天剛買的戒指。如果要送她的話，只能趁現在——電車越接近田端站，內心這樣的想法越發強烈。這是未曾預期而降臨、完美的兩人獨處時間。

我們出了南口的驗票閘門，雨勢又變得強烈一些，氣溫也變得更低。烏雲覆蓋的天空勉強殘留著白天的亮度。

不妙，不妙——

心臟在胸腔中暴動到危險的地步。我心想，幸好現在下著雨。如果沒有雨聲，陽菜一定會聽見我的心跳聲。然而，我還是無法控制逕自發燙的身體，於是把走路的速度稍微放慢一些。新幹線發出「沙～」的聲音滑過眼前的高架橋。雨滴像胡亂演奏的樂器般打在傘上。

不妙，不妙，但是——

我停下腳步。陽菜的背影離開我一步、兩步、三步、四步。

我吸了一口氣，聞到強烈的雨水氣息。

「陽菜。」

「帆高。」

兩人剛好同時開口。

「啊！對不起。」

「沒關係。」陽菜溫柔地笑了。「帆高，你要說什麼？」
「呃……沒事。陽菜，妳要說什麼？」
「嗯……」
陽菜稍稍垂下視線。有一瞬間，我好像看到有東西掠過她的臉。那好像是水的影子？
「——帆高，我跟你說。」
陽菜抬起頭直視著我。她的眼神很認真。又出現了水的影子。
「我——」
又是水。水在舞動。在陽菜周圍緩緩繞行般飛舞的是——水之魚？
瞬間，一陣疾風突然從背後吹來，奪走我手中的傘。我不自覺地彎下腰。
「啊！」
我從眼角瞥見陽菜被風吹起來的上衣，反射性地伸出手，但是沒有構到。我們的傘和陽菜的上衣被吹到遙遠的空中。
「……」
我有好一會兒呆呆望著越來越小、融入天空煙霧中的傘和外套。

「陽菜……」

不要緊嗎——這幾個字在我的舌尖停住。

眼前沒有任何人。我連忙環顧四周，沒有看到人。不可能——才幾秒之前，她還在我眼前。

「——帆高！」

忽然聽到陽菜的聲音，我同時感到安心與恐懼。雖然聽到聲音，但那是從不可能的方向傳來的。

我抬頭仰望天空。

陽菜飄浮在比路燈還要高的地方。和雨水的動向不同的水滴一閃一閃地飛舞著，像在支撐陽菜的身體。陽菜的身體彷彿乘在看不見的手掌上，緩緩地降落到地面。斜坡上的一排路燈似乎終於發覺到夜晚來臨，開始亮了起來。陽菜的身體經過點亮的路燈前方，這時映入我眼簾的——是她因恐懼而僵硬的表情，以及像冰塊一樣透明可見後方燈泡的左肩。

她的身體變透明了……？

我用力眨了眨眼。剛才透著燈光的陽菜肩膀，似乎已恢復原狀。她緩緩降落在腦中一片混亂的我面前，圍繞著她身體的水滴如同溶解於雨中一般消失了。陽菜的腳尖才剛接觸柏油路，整個人便膝蓋無力立刻跌落在地面。她緩緩抬起頭，臉上顯現驚愕、混亂、恐懼——還有隱約的豁達，似乎早就知道會發生這種事。

「我變成晴女——」

後來在回家的路上，她對我說道。

「是在一年前的那一天。」

第八章

最後的夜晚

我停下吹乾頭髮的吹風機，雨聲便彷彿重新獲得生命，再度傳到我耳中。雨聲穿透薄薄的屋頂和牆壁，迴盪在房裡，簡直像一群粗暴的小矮人同時在敲門。

「去年在我媽媽過世的不久之前——」

我們的傘被風吹走，全身淋濕回到公寓。陽菜先去淋浴，接著我也借了淋浴間。

「我曾經一個人爬到那棟大樓的屋頂。」

小小的洗臉台前方，有兩個杯子和兩根牙刷、洗面乳、護手霜、止汗噴霧、髮蠟等。我抬起頭，看到自己呆滯的臉孔映在鏡中。

「那裡簡直就像光的水窪。從雲層間只透下一道陽光，照亮那塊屋頂。那棟廢棄大樓的屋頂長了一大片花草，有小鳥在唱歌，還有朱色的鳥居，在陽光下發光。」

陽菜那一天雙手合十，穿過了鳥居。

神啊，求求您。

希望雨能夠停止。希望媽媽能夠醒來。希望三人能夠再一次一起走在晴空下。

雨聲突然中斷。她張開眼睛，發現自己置身於晴空的正中央。

她在那裡看到雲上的草原，以及閃閃發光的天空之魚在游泳。

「當我醒來時，發現自己倒在鳥居下方，天空已經放晴了。那是久違的晴空。從那時候開始，我就──」

在淋著雨回家的路上，陽菜告訴我。

「──好像跟天空聯繫在一起了。」

叮咚！

突然的聲音讓我嚇到差點跳起來。是門鈴在響。就我所知，這是第一次有人造訪陽菜的公寓。選在這種時間，不知道是誰？我有些遲疑地打開洗手間的門，看到陽菜正在窺探玄關的貓眼。

「帆高，躲起來！」

她迅速地對我低聲說道，我連忙再度關上門。門鈴又響了一次，從玄關傳來女人的聲音。

「很抱歉這麼晚來打擾，我們是警察——」

內心騷動不安，心跳加速。我聽到陽菜打開門的聲音，接著傳來似乎是女警的聲音以及男人粗厚低沉的聲音。男人的聲音問：「妳看過這名少年嗎？」心臟差點蹦出來，全身冰冷，同時失去力量。

他們找的是我。我心想怎麼可能，但腦中冷靜的部分也覺得理所當然。這種日子不可能永遠持續下去。我終於意識到，自己早就知道總有一天會演變成這樣。

「妳可以更仔細看看這張照片嗎？這個少年在這附近被目擊好幾次。」

「沒有，我沒有看過……這個人怎麼了？」

「我們有些事情想問他。」男人以不悅的聲音說。「而且他是離家少年，他的雙親已經提出協尋失蹤者的申請。」

膝蓋宛若變成別的生物，無法抑制地顫抖。

「還有，天野同學。」女警的聲音說，「妳和念小學的弟弟兩個人一起生活吧？」

「是的。」

「這樣其實也有點問題。沒有監護人陪伴，只有未成年人獨自生活——」
「可是！」
陽菜突然發出很大的聲音。
「我們沒有造成任何人的困擾……」
我聽到玄關的門「砰」一聲關上的聲音。警察似乎暫時先回去了。我緩慢地調整呼吸，走出洗手間。陽菜仍舊站在玄關前方，背對著我低聲說：
「他們說明天會再和兒福機構的人一起過來。」
遇到危機的不只有我，陽菜姊弟也面臨重大問題。我感到不知所措，不知道該先思考哪一個問題。陽菜轉頭，以憔悴不堪的表情說：
「怎麼辦……我們會被拆散！」
「——啊！」
這時，口袋中的手機突然震動。我拿出手機，看到打來的是須賀先生。
我悄悄打開大門，探出頭環顧四周。昏暗的公共走廊上沒有人影。巷子的盡頭，隔著越來越大的雨，可以看到路燈照亮須賀先生的車。

「帆高，不好了！警察——」

我跑向車子，凪前輩從前座打開門對我說。

「嗯，我知道。前輩，你先回去吧。」

我坐進車子，關上車門。須賀先生坐在駕駛座，把帽簷壓得很低，戴著黑框大眼鏡。他靠在椅背上沒有說話。

「……須賀先生？」

「哦，你問我這身打扮？」他看著前方，以平常的嘲諷口吻說話。「我在隱藏身分。」

我無言以對。汽車音響的廣播以不帶感情的聲音播報氣象：『日落之後，氣溫急遽下降，都心現在的氣溫是十二度，創下觀測史上八月最低——』

喀嚓。須賀先生關掉廣播。

「……剛剛警察也來了我的辦公室。聽說他們是當作未成年誘拐案件在調查。我堅稱不知道，不過他們一定在懷疑我。」

「誘拐案件……」

「聽說你的父母親提出協尋失蹤者的申請。真是為孩子著想的好父母。」

須賀冷笑一下，然後突然壓低聲音繼續說：

「還有，他們說你有槍。這不會是真的吧？」

「……什麼？」

「警察拿監視器畫面的照片給我看，地點是在停車場的角落。雖然是放大之後畫質粗糙的照片，可是拿槍指著大人的小鬼的確有點像你。」

我無法順利呼吸、胸口疼痛，努力擠出辯解之詞：

「那是……撿到的！我以為是玩具，被流氓找碴的時候想要嚇嚇對方……已經丟掉了！」

「真的假的？」須賀先生露出一點都不覺得好笑的笑容。「警方懷疑你非法持有槍械。」

我嚇得面無血色。須賀先生摘下帽子，戴在我頭上。

「這個給你，當作遣散費。」

遣散費？我雖然聽見他的話，卻無法理解句子的意義。須賀先生依舊沒有看我。

「你不要再來我家了。這樣下去，我會被當成誘拐犯。」

雨點打在引擎蓋上，聽起來像連續擊鼓聲般激烈。

「我正在申請接回女兒——說來很難堪，我在老婆過世後，曾經一度變成廢人。當時女兒被我老婆的雙親奪走監護權，現在我正在跟他們交涉。為了順利接回女兒，收入和社會評價都很重要。現在是很敏感的時期，抱歉。」

我知道須賀先生在等我的回答，雖然知道卻說不出話。須賀先生輕輕嘆了一口氣。嘆氣的聲音之輕，讓我感到受傷。

「……你還是明天就回家吧。這麼一來就全部恢復原狀了。不是很簡單嗎？只要坐渡輪就行了。」

須賀先生拿出錢包，點了點鈔票。

「對所有人來說，這都是最好的方式。」

他把幾張一萬日圓鈔票塞到我手中，然後總算看了我的臉。我臉上一定掛著想哭的窩囊表情。須賀先生從剛才就一直沒有稱呼我的名字。

「——少年，你也該成熟點了。」

我打開公寓的門，看到房裡散落的東西。姊弟兩人正在把行李塞進背包裡。陽菜沒有移開落在手邊的視線，對我說：

「我們不能繼續待在這裡了。」

「咦？可是你們要去哪裡？」

「不知道，可是——」

「只要跟姊姊在一起，不管去哪裡都可以！」凪前輩開朗地說。

陽菜慈愛地瞥了前輩一眼，再度把視線落在手邊。

「帆高，你在被警察輔導之前，最好還是回老家吧。畢竟你還有地方可以回去。」

連陽菜都說出和須賀先生同樣的話。雨聲越來越大。陽菜看了看我，露出安撫小孩子般的笑容說：

「我們不會有事的。」

「！」

我感到心很痛。看到這張笑臉、聽到這句話，原本混亂的思緒總算撥雲見日。

「……我不回去。」

姊弟倆停下手邊的工作看著我。我終於想起自己該做的事。現在正是我必須保護他們的時候。雙腳已停止顫抖，我深深吸了一口氣後，以吐出空氣的力道說：

「我們一起逃吧！」

那天的雨從傍晚就越下越大，到了晚上變成異常的豪雨。

簡直像天空的水龍頭壞掉一般，宛若濁流的雨降在街上。電視上播放的東京遠景中，大廈底部隱沒在水霧中，上方則被濃霧籠罩，看似浮游的廢墟。

電視上的播報員說：『東京都剛剛發布大雨特別警報。這場雨有可能成為數十年一次的大雨。低窪地區必須以最高警戒提防淹水和河川氾濫。請用電視、廣播、網路確認當地的災害資訊。如果出現避難指示，請遵從指示行動。』

我試著轉台。播報員以新宿車站南口的人潮為背景，在雨中高喊：『相當於颱風等級的風雨，影響到下班回家的交通！首都圈的電車接連出現延誤——』

我又轉台，但每一台都在播放氣象資訊。

有幾個地下鐵車站已經淹水，荒川和隅田川沿岸地區出現避難指示，羽田機場的班機起降紛紛取消。一小時的雨量超過一百五十公釐，各地的人孔蓋噴出水，發生內水積淹現象。有好幾座車站出現排隊等候計程車的人潮。電視上說，無法回家的人有可能成為「歸宅難民」，必須即刻採取保護性命的行動。畫面中每一個人吐出的氣息都是白色的，搓著手臂一副很冷的樣子。

『以八月來說，這樣的寒冷相當異常。現在東京都內氣溫已低於十度──』

『從低氣壓北側，有強烈寒流進入都心區域。這一個小時當中，氣溫已經下降十五度以上，有可能持續下降──』

各台播報員的口吻都變得越來越沉重。

『重複一次，目前東京都已經發布大雨特別警報。雨勢有可能演變為數十年一次的大雨。請確認最新資訊，立即採取保護性命的行動──』

『以關東甲信地方為中心，過了黎明之後也持續籠罩著活躍的雨層雲──』

『不合時令的氣溫急遽下降現象，對於身體衰弱的人已達到危險程度。請拿出收進衣櫃的厚外套──』

『氣象廳發表見解，認為這樣的異常天氣今後仍會持續好幾個星期──』

『這可說是前所未見、非常危險的異常氣候——』

我忽然感到憂鬱，關上電視。雖然不可能有這種事，卻覺得自己遭到責難。到底是怎麼了？我趴在自己房間的床上，試著思考理由。

難道是……

不可能。可是……

我想起自己白天在公園對陽菜說的話。我告訴陽菜，神主說過「天氣巫女是活人祭品」。我感覺那就是這場雨的原因。不可能會有這種事，但是——

「喂，夏美，這種天氣妳要去哪裡？」

背後傳來父親暴躁的聲音，不過我仍舊拿起安全帽，打開大門。

我們搭乘的山手線在池袋站停下來。

車內廣播中，車掌以毫不掩飾疲憊的聲音播報：

『呃，因為大雨導致大眾交通系統紊亂，目前山手線還無法確定何時能夠重新行駛。另外，目前ＪＲ全線都發生大幅延誤與停駛。很抱歉造成各位旅客的困擾，請搭乘替代的交通工具。重複一次……』

「搞什麼？結果還是不開了。」

「要不要下車？」

「接下來該怎麼辦？」

「請爸媽來接吧。」

乘客紛紛抱怨並下車。

「怎麼辦？」

陽菜不安地問道，我勉強裝出笑臉說：

「總之，先找今晚住的地方吧。」

「很抱歉，現在客滿了。」

「請問你們有沒有事先訂房？」

「今天已經客滿了。」

「只有你們三個人嗎？父母親呢？」

「必須請你們出示身分證——」

不論詢問哪一家飯店都沒有空房，不知是真的到處都客滿，還是因為帶著小學生的三名未成年人組合令人起疑，我們持續被拒絕住宿。我們甚至還到住商混合大樓地下、看起來很可疑的出租房間詢問，卻被懷疑地問：「你們該不會是離家出走吧？」還說「要報警也很麻煩，你們自行離開吧」，就把我們趕走了。

我們為了尋找睡覺的地方，在連結車站東西兩側的地下通道來回好幾趟。三人都背著大背包，還穿著雨衣。氣溫低到令人發抖，雨水像冬天的雨般冰冷刺骨，再加上街上到處淹水，變得像淺水游泳池，運動鞋都濕透了。身體凍僵，腳尖冰冷，行李也很沉重，讓我們筋疲力竭。我對於說要一起逃跑卻連住宿一晚的地點都找不到的自己感到既窩囊又火大。

「你們看那個！」

凪前輩突然指著地下通道的出口喊。

「那該不會是雪吧？」

我們驚訝地走出通道。在路燈照射下飄舞的確實是雪。我看到陽菜臉上浮現接近恐懼的表情，我的表情大概也一樣。現在明明是八月。

路上行人也都驚訝地抬頭仰望天空。大顆的雪落在淹水的柏油路上，接連製造出無聲的漣漪。電車停下的軌道沿線上，籠罩著奇妙的靜寂。氣溫越來越低。

——這該不會是天譴吧。

我在雨衣中摩擦著從短袖露出來的手臂，突然這麼想。

會不會是因為我們擅自改變天氣，讓天神之類的生氣了？因為我們不滿足於上天賜予人類的天氣，任性地渴求晴空——

我搖搖頭。不可能。可是——我想起陽菜說的話。

「從那時候開始，我就好像和天空聯繫在一起了。」

我抬頭仰望天空。無數的雪在上方擴散，宛若夏季天空的煙火。

——這片天空和陽菜聯繫在一起？

當我抵達小圭的辦公室時，令人不敢置信的事發生了——雨點變成雪。

我把機車停在辦公室後方，一面後悔自己太大意竟然穿短褲出門，一面跑下通往辦公室的階梯，打開門進入屋裡。

「好冷！小圭，八月竟然在下雪！」

我邊說邊拂去肩膀上的雪。

「咦？」

沒有人回應。我看到小圭趴在吧檯上，吧檯上的電視機以很小的音量在播報：

『都心竟然下起雪。今天傍晚開始下的激烈豪雨在各地造成淹水災情。到現在晚上九點，雨水已經在大範圍的區域轉變為雪。根據預報，過了深夜應該會再度轉變為降雨——』

我關上電視。吧檯上放著沒喝完的威士忌、菸灰缸和幾根菸蒂。我看著趴在吧檯上睡覺的小圭，思索著不知道發生了什麼事。他明明已經戒菸很久了。小圭擺著臭臉，發出微微的鼾聲。他的肌膚乾燥粗糙，頭髮和鬍碴都摻雜著白色。我心想，這個人也老了一些。小圭旁邊的凳子上，貓咪小雨蜷縮著身體在睡覺，好似在嘔氣的睡臉和小圭很像。我不禁輕聲笑出來。

「喂，小圭，起床。你會感冒喔。」

我搖著小圭的肩膀，他便不耐煩地皺起眉頭，低聲喃喃說：

「明日花……」

他的聲音悲傷而虛弱。我有點驚訝，原來他現在還會夢見妻子——我忽然想起那段日子。四年前，同樣是在夏天，舉辦了公司成立的小型派對。剛改造酒吧完成的這間辦公室還很空曠，祝賀用的花籃驕傲地排列著。萌花還只是個嬰兒，當小圭和明日花招待訪客的時候，我一直在和萌花玩。當時我在念高中，大概是穿著制服。對了，訪客幾乎都回去以後，我替三人拍了紀念照。背景是寫了「K＆A企畫」的窗戶，明日花抱著萌花，小圭高興地挺起胸膛。

「……是夏美呀？」

小圭總算醒來，打了一個大噴嚏。

「唔～好冷，開暖氣吧。」

用遙控器打開暖氣後，送風口先吹出一股灰塵味，然後才送出暖風。

我在吧檯內製作自己的調水威士忌，對他說：

「小圭，你也變成真正的歐吉桑了。」

小圭以歐吉桑的動作用雙手摩擦臉說：

「人一旦年紀大，就沒辦法替換重要性的順序。」

「啊？你在說什麼？」
我在小圭旁邊的凳子坐下。
「對了，帆高呢？他還沒有回來嗎？」
我一問，小圭臉上的表情頓時變得憂鬱。

「你把他趕出去了？不會吧！」
「我不是說了，警察都找上門來，我怎麼可能讓那種小鬼繼續待在這裡？」
「你——」
小圭每次感到內疚就會故意用惡劣的說話方式。這是他的習慣。
「一般來說，自己的生活當然比別人的人生更重要吧？」
「哦？所以你才違背戒菸的決心又喝酒，沉浸在罪惡感裡？」
我抱起睡在椅子上的小雨，伸到小圭面前。
「看，小雨也在說，這個大叔好蠢喵～」
小雨一副嫌麻煩的態度，很配合地「喵」了一聲。
「真的好蠢，根本是典型昭和時代的行動模式。你可以不要坐在我旁邊嗎？我會被感染到老人的臭味。」

我把小雨放回原來位置，自己移到最邊邊的凳子。我們此刻坐在吧檯的兩端。他竟然在這種夜晚趕走帆高？

「基本上，小圭每次都是半吊子。要拋棄他的話，一開始不要撿回來就好了吧？外表裝成無賴的樣子，卻是個膽小又規規矩矩的人，這種人最糟糕了。」

「啊？妳自己從老爸那邊逃到我這裡，還好意思說這種話！妳既然討厭當個規規矩矩的人，那就馬上停止求職，去當詩人或旅人算了。」

我瞪著小圭。小圭喝了一口調水威士忌，也回瞪我說：

「如果說我蠢，妳自己還不是很蠢。那個女生……好像是叫陽菜吧？」

我緊張了起來。這個人知道，我們同樣都感到內疚。

「妳把天氣巫女是活人祭品的事告訴那個女生了吧？如果這個說法是真的，她總有一天會消失。這種話可以說出去之後就置之不理嗎？」

「可是，那……那我應該怎麼做？」

「啊？妳在認真什麼？反正那只是信口胡謅吧？」

小圭露出嘲諷的表情叼起香菸，用打火機點火，故意長長吐出一口煙，接著轉移話題。

「不過啊，假如說……」偏青色的煙像滴在水中的水彩，邊擴散邊溶解。「一個活人祭品就能讓天氣恢復原狀，我會很歡迎。不只是我，其實妳也一樣吧？應該說，大家都一樣。某人為了某件事犧牲，社會才能運轉下去。總是會有背負起吃虧角色的人，只是平常看不見而已。」

「你在說什麼？」

我發出不悅的聲音，越來越火大。故意展現不負責任態度的小圭、瘋狂的天氣、還有內心其實有些同意小圭說法的自己，都讓我生氣。我明明是因為無法靜靜待在家中才來這裡，最後卻只是邊喝酒邊絮絮叨叨地發牢騷。我對這樣的自己相當生氣。

我已經不想去思考任何問題，一口氣喝下調水威士忌。

「你們等一下。」

突然有人從背後抓住我的肩膀。我回過頭，背上不禁冒起雞皮疙瘩。

叫住我們的是穿著制服的兩名警察。此刻我們三人正走在鬧區的街頭。

「這種時候沒有成年人陪伴在外面遊蕩，太危險了吧？你們在做什麼？都是兄弟姊妹嗎？」

警察一開口就以高壓的語氣質問，讓我支支吾吾地回答不出來。這時陽菜向前踏出一步說：

「我們現在要回家。我是大學生，這兩人是我弟弟。」

「哦？妳是姊姊呀？可以看一下學生證嗎？」

「我沒有帶在身上。」

這時，我和其中一名警察四目相交，看到對方的眼睛似乎驚訝地瞪大了。我再度起雞皮疙瘩，內心產生不祥的預感。那名警察轉身背對我，用無線對講機說了一些話之後，站到我面前擋住視線。

「你是高中生嗎？你背的背包還真大。」

警察彎下腰，毫不客氣地檢視我的臉。

「可以稍微把帽子往上拉嗎？」

他們該不會是在找我吧？我想起須賀先生說過，警方懷疑我非法持有槍械。

「陽菜。」我對一旁的陽菜說悄悄話。

「怎麼了？」

「快逃！」

我還沒說完就拔腿奔跑。直到這一刻，我才發現自己跟陽菜他們在一起會帶來麻煩。

「站住！」

腳步聲追來。我頭也不回地拚命奔跑，然而背包的邊緣很快就被抓住了。我使勁甩開那隻手。

「妨礙公務！」

隨著這聲怒吼，另一個警察從旁邊擒抱住我，把我壓倒在地面。我要被抓住了，死命地掙扎。

「帆高！」

陽菜大喊。我從眼角瞥見她朝著我跑來。

「不要過來！」

然而，陽菜使出全力撞向我身上的警察。警察倒在地上。

「——這傢伙！」警察的眼睛燃起怒火，高舉起警棍。

陽菜立刻交握雙手大喊：

「拜託！」

我頓時聽見幾乎刺破耳膜的巨響，在此同時強烈的閃光讓視野變成全白。閃電落在大約五十公尺前方、停靠在路肩的卡車上。因為衝擊力道飄起來的車體，彷彿慢動作畫面映入眼簾。不到瞬間，卡車就爆炸了。

周圍一片騷動。有人逃跑避難，也有人拿起手機跑去湊熱鬧。

「……糟糕！」

警察呆愣一下後，立刻恢復清醒奔向火焰。

我看到陽菜像祈禱天晴時一樣雙手交握，一動也不動地凝視著火焰。該不會是陽菜……我立刻抹除愚蠢的想像，抓起她的手。

「趁現在趕快跑！」

我也拉了呆立的凪逃離現場，往巷子裡黑暗的方向一直奔跑。不久，背後傳來警車與消防車的警笛聲。雪下得越來越大了。

「——一晚兩萬八千日圓。」

歐巴桑從狹小的窗口抬頭看我的臉，以不耐煩的聲音說道。

「咦？」我聽到超乎預期的回應，不禁啞口無言。

「我說了，要兩萬八千日圓。你們付得起嗎？」

「啊，好的，我會付！」

這裡是離市中心稍遠的賓館。櫃檯的歐巴桑應該瞥見我們三人淋成落湯雞的模樣，但是沒有說什麼。我們搭乘不斷發出「喀噠喀噠」聲晃動的電梯到達八樓，用剛剛拿到的鑰匙打開沉重的鐵門，進入房間上了鎖，下一瞬間同時癱坐在原地。我們已經瀕臨極限了。

「呼……」

所有人都發出深深的嘆息。

「我好像徹底變成通緝犯了……」

我用陰沉的聲音喃喃低語，前輩便豎起大拇指說：

「那不是很帥嗎？」
「真、真的嗎？」
「呵呵。」
陽菜笑了出來，接著大家都笑了。
「我還以為要完蛋了。」
「帆高那時候差點就要被逮捕！」
「超好笑的！」
「我真的很緊張，不是開玩笑的！」
我們發出更大的笑聲。在笑聲中，體內鬱積的疲憊緩和、消散，不安也溶化了。好比剛好來得及在手機電量僅剩百分之二時插上電源，大家轉眼間就恢復活力。
「房間好寬敞！」
「床好大！」
「浴缸好大！」
凪前輩在客房的每一個角落都感動地大聲讚嘆。室內裝潢採用典雅的淺棕色、黑色和金色系，給人穩重的印象。前輩在浴缸注滿熱水，陽菜也迫不及待地煮熱水泡茶。我趁這段時間，迅速拿走成人影片節目表及其他各種不該讓姊弟倆看到的東西，藏到櫥櫃深處。來到東京之後，這大概是最讓我心跳加速的工作。

「姊、帆高！」

前輩在浴室高喊。

「三個人一起洗澡吧！」

我和陽菜同時噴出正在喝的茶。

「你自己洗！」兩人異口同聲地喊。

「不要。帆高，那我們男生組一起洗吧！」

「什麼？」

「你去吧。」陽菜忍俊不禁地說。

「好溫暖……」

我和前輩在裝滿熱水的浴池裡，把肩膀以下都泡在熱水中。

「嗯？這是什麼？」

前輩按下牆上的按鈕，浴室的燈突然熄滅，變成浴缸內側發光，接著不斷冒出氣泡。這是按摩浴缸。

「好棒喔！」

「好癢！」

我們興奮地笑鬧。

「換人洗澡！」

姊弟倆擊掌。在陽菜洗澡的時候，我們便準備晚餐。

我們打開電視下方的櫃子，看到販賣機陳列各式熟食和速食品，有炒麵、章魚燒、杯裝泡麵、速食咖哩飯、炸薯條、炸雞塊，光是看紙包裝就讓人流口水。

「哇，有好多種！帆高，你要挑哪個？」

前輩興奮地問我。

「乾脆全部吃掉吧，前輩！」

「真的可以嗎？」

「我有遺散費！」

「太棒了！」前輩朝著浴室大喊：「姊，今天的晚餐很豐盛喔！」

「好期待唷！」

陽菜帶有明顯回聲的聲音從浴室傳來。光是聽到這個聲音，我的心跳就加速。

「我洗好澡了。」

當我們用微波爐將熟食一一加熱的時候，陽菜打開浴室的門。

「啊，妳回來啦。」

我低聲回應後，不禁屏住氣息。陽菜披著雪白的浴袍，把長髮集中到單側用毛巾綁著。平時白皙的肌膚變成淡淡的櫻花色。我發覺自己足足盯著她五秒鐘左右，連忙移開視線。陽菜似乎不以為意，看到排列在桌上的各種熟食，發出興奮的歡呼聲。

「開動了！」

三人合掌齊聲喊。

「炒麵好好吃！」

「章魚燒好好吃！」

「咖哩好好吃！」

大家紛紛喊道。這些食物真的令人不敢置信地美味。我們輪流傳遞熟食盒子，大家一起分享每一種口味；把炸雞塊放入咖哩變成咖哩雞，然後興奮地喊：「太好吃了！這是偉大發明！」吃了只泡兩分鐘的泡麵又喊：「這杯泡麵超級彈牙，絕對比店裡賣的更好吃！」

飯後我們舉辦卡拉ＯＫ大賽，接著是丟枕頭大賽。我們使盡全力互丟枕頭和椅墊，不論有沒有丟中或是被丟中，都十分開心。因為太開心、太快樂了，不知為何會想哭。

我邊丟枕頭邊想：

如果真的有神明——

拜託。

已經夠了。

已經沒問題了。

我們會設法生活下去。

所以，請不要再給我們任何東西，或是從我們身上奪走任何東西。

——枕頭打中陽菜的臉，她回擊的枕頭也打中我的臉。

神啊，拜託，拜託。

——我邊和大家一同歡笑，邊以有生以來最認真的態度祈禱。

請讓我們繼續像這樣再多待一點時間。

枕邊的數位時鐘變成零點的瞬間，發出微弱的電子鈴聲。

凪前輩在盡情笑鬧之後，不知何時已經熟睡在床上靠牆的位置。這張床非常寬敞，足以讓我和陽菜並排仰臥。陽菜有和我一樣的洗髮精香氣，單只是這樣就令我有點得意。房裡的燈光已經熄滅，只有床頭燈在四周投射昏黃的燈光。

降雪似乎又恢復為降雨，窗外再度傳來激烈的雨聲，但已不是像先前那樣暴力的聲音，而是更為柔和、親密、彷彿只為了我們演奏的遠方鼓聲。這是從遙遠的地方花了很長的時間抵達的特別鼓聲。這個聲音知道我們的過去與未來，不論我們做出什麼樣的決定或選擇，都不會責備我們，默默地接納所有歷史。

這個聲音在說：活下去吧。活下去。活下去。只要活下去。

「陽菜。」

我像是受到雨聲鼓舞，取出戒指盒。

「祝妳十八歲生日快樂。」

說完，我把盒子放在床單上。陽菜以驚訝的表情看著我。
「雖然是便宜貨，不過我特別找了最適合妳的款式。」
陽菜打開盒子，臉上如同花朵綻放般緩緩露出笑容。
「謝謝……」
我感到羞赧，發出短促的笑聲。
「對了，帆高。」陽菜的聲音忽然稍微變低。「你希望這場雨停止嗎？」
「咦？」
原本注視著戒指的陽菜抬起頭看著我。隱約帶點藍色的眼睛深處似乎搖曳著某種感情，但我不知道那是什麼，因此老實地點頭。
「——嗯。」
這一瞬間，天空宛若在回應一般，響起低沉的雷聲。閃電不知落在哪裡，床頭燈閃爍了一下。陽菜緩緩地把視線從我身上移開，恢復仰躺的姿勢凝視天花板。啊——我內心察覺到某件事。先前在陽菜眼中的是……
「聽說我是活人祭品。」
「……什麼？」

「夏美告訴我的。她說這是晴女的命運。晴女成為犧牲品、從這個世界消失，瘋狂的天氣就會恢復原狀。」

這時我才理解，那是絕望。

「這……怎麼可能？」

我擠出僵硬的笑容。怎麼可能會有那種事？然而，我內心充滿後悔。

「說真的，那些人講話都很隨便……怎麼可能會……消失？不可能……」

陽菜像是要阻止我說下去般起身，無言地解開浴袍的腰帶，緩緩將左手臂從浴袍中抽出來。我無法移開視線。陽菜的左胸整個袒露出來。

「啊……」

胸部後方可以看到床頭燈。

這半邊身體是透明的。

她的左肩到胸部一帶如同水一般透明，床頭燈的燈光反射在身體內側，從內側微微照亮肌膚。我只能呆呆看著她的身體。

「……帆高。」

不久，陽菜開口了。我終於從她身上移開視線，看著她的臉。好像要哭出來的臉上突然露出柔和的笑容。

「你在看哪裡？」

「我沒有看——」

我反射性地回應，但是不行了。我不能哭，不能——

「——我在看妳……」

眼睛像壞掉一般湧出淚水。我拚命用雙手擦拭，用拳頭壓住眼睛，想要把眼淚推回去，假裝什麼都沒發生。

「……為什麼是你在哭？」

陽菜溫柔地笑了。即使在這種時刻，她也笑著。我哭得更厲害了。

「一開始完全沒事。但有一天我發現，越是祈禱天晴，身體越是變得透明。」

我為什麼沒有發現？她隔著手掌仰望天空時，表情是那麼悲傷。或者我其實已經發現了，只是假裝沒看到？

「如果我就這樣死掉了……」

陽菜以非常溫柔的聲音說道。

「像以前那樣的夏天一定會回來。凪就拜託你了。」

「不要！」

我大喊。

「不行，妳不會消失！我們要三個人一起生活！」

我說的話幼稚到讓我對自己絕望，但我想不出其他說法。

「帆高……」

陽菜以不知如何是好的表情看著我。

「陽菜，跟我約定吧。」

我拉起她的手，在她左手無名指戴上戒指。這是一只小小的翅膀形狀的銀色戒指。這根手指也隱約變得透明，肌膚之下可以看到水中冒出的小氣泡。

「……」

陽菜凝視著無名指上的戒指，吐出不成言語的嘆息。她以彷彿隨時要掉下淚水的眼眸看著我。我雖然知道自己說的話很幼稚，但還是拚命訴說：

「我會工作！會賺足夠的生活費！妳已經不當晴女了，身體一定會馬上恢復原狀。」

淚水終於從陽菜眼中流出來。我因為惹她哭泣而心生罪惡感。這時，陽菜突然抱緊我。

我驚訝地啞口無言。

陽菜像是要安慰我般，溫柔地撫摸我的頭。我已經無計可施，只能緊緊抱住她。我強烈地盼望著、相信著、認定著，這樣做能夠讓她停留在原地。世界就是這樣運轉的。只要強烈盼望，一定能夠如願。

我這麼想，這麼盼望，這麼祈禱。

陽菜邊哭邊繼續撫摸我的頭。遠處又傳來雷聲。

第九章　大晴天

那天晚上，我作了夢。

我夢見自己還在島上的時候。

那一天，我為了抵消被父親揍的疼痛，瘋狂踩著腳踏車的踏板。那天島上也下著雨，天上飄著厚厚的烏雲，不過從雲層縫隙射出好幾道光線。我想要離開這裡，進入光芒當中，因此拚命騎腳踏車奔馳在沿海的道路上。就在我以為追到了的瞬間，腳踏車卻已經到達懸崖邊緣，陽光飄向大海的另一端。

——我當時下定決心，要進入那道光芒當中——

在那盡頭的，就是妳。

那天晚上，我作了夢。

我夢見第一次見到你的那一天。

你獨自一人待在深夜的麥當勞，看起來像隻迷路的小貓。不過替我找到生命意義的，也是迷路的你。

和你相逢、開始工作，每次製造出晴天就多了某個人的笑容，讓我很開心，所以才繼續當晴女。這不是任何人的責任，而是我自己的選擇。即使發現時已經到了沒有退路的地方——但是，能夠遇見你真的很幸福。如果沒有遇見你，我不會像現在這麼愛自己，或是愛這個世界。

你現在哭累了，睡在我的旁邊，臉頰上還留著淚水的痕跡。窗外傳來劇烈雨聲，還有像遠處鼓聲般的雷鳴。我的左手戴著小小的戒指。這是你送給我的，是我這輩子第一個——大概也是最後一個——戒指。我把戴著戒指的左手輕輕放在沉睡的你手上。你的手像夜晚的太陽，有著柔和的溫度。

彷彿有漣漪從重疊的手擴散，不久之後，全身上下充滿不可思議的一體感。我與世界的界線在溶化，奇妙的幸福與哀戚擴散到全身。

不要——隨著滿溢的欣快感受，我心裡這麼想。還不要，我什麼都還沒有告訴你，還來不及說謝謝或我愛你。我拚命拉攏擴散而稀釋的意識，試圖維繫感情與思考。我發出聲音，尋找著喉嚨的部位，回憶空氣摩擦喉頭的感覺——帆高。

「帆高。」

聲音細微又沙啞，只能輕微地震動室內的空氣。

「帆高，帆高，所以——」

喉嚨已經失去感覺。我快要不見了，正在消失。我絞盡最後的力氣，想要把話語傳遞到你的耳邊。

「不要哭，帆高。」

「唔！」

我睜開眼睛。

我睡著了，作了夢。

我緩緩起身。四周籠罩在白色的霧氣中，周遭下著細細的霧雨，發出像薄紙輕輕摩擦的聲音。

……我剛剛在做什麼？

想不起來，腦中只剩下被水稀釋過、彷彿是某種餘韻的東西。

從剛剛開始，就有透明的魚輕飄飄地在周圍飛舞。我茫然看著空中之魚，忽然發覺到某樣東西。在我沒有溫度的身體當中，只有一個部位還剩下一絲溫暖。

那是左手的無名指。我把手指舉到眼前，小小的銀色翅膀套在無名指上。

「……帆高。」

嘴巴在動。

帆高？這個詞稍稍暖和了全身。

滴答。

雨滴發出驚人的大音量，落在我的左手。由水構成的手吸入雨滴而抖動。

滴答、滴答、滴答。

雨滴接二連三落下，我的身體輪廓持續抖動。波紋擴散到全身，波紋與波紋彼此相撞，造成更多波紋。被這麼多波紋搖晃，我的身體會崩塌。心中的不安越來越強烈。

這時，一滴雨滴落在無名指。戒指像被推出去，脫離了水的手指。

「啊啊！」

我立即用右手去抓掉落的戒指。
「——啊！」
然而，戒指連右手都穿透了，直接被吸入地面消失。我心中湧起絕望，剎那之間強烈地想起你，情感再度有了色彩。然而，這份情感也像迅速溶化般褪色，只剩下淡淡的悲傷。
我已經不知道為什麼感到悲傷，只是哭泣，只是一直哭泣。魚群無言地繼續在周圍飛舞。
然後，雨停了，白霧散去。
我在一片草原上，頭頂上是無比清澈的藍天。隨風起伏的草原在耀眼的太陽底下閃閃發光。
我置身於從地表絕對看不見的雲上草原。我是藍色、是白色，是風、是水。我成為世界的一部分，既沒有喜悅也沒有悲傷，只是純粹像自然現象一般，持續地流眼淚。

我突然驚醒過來。

心跳很紊亂，脈搏激烈到太陽穴好像要爆炸，全身上下都在冒汗。血液流動的聲音如同濁流在耳中翻騰。

眼睛上方是陌生的天花板，這裡是哪裡——正當我思考的時候，血液流動的聲音逐漸減弱，耳朵開始聽見其他聲音。

麻雀的叫聲、汽車行駛聲、依稀傳來的交談聲。

這是早晨街道的聲音。

——陽菜。

我突然想起一切，轉頭看應該睡在旁邊的陽菜。

「啊……」

只有浴袍像是脫下的殼一般留在那裡。陽菜消失了。

「……陽菜！妳在哪裡？陽菜！」

我跳起來，檢視洗手間和浴室，連櫥櫃都打開來看。陽菜不在任何地方。

「……帆高，你怎麼了？」

凪前輩醒來，揉著眼睛不安地問。
「陽菜不見了！哪裡都找不到她！」
「咦？」
前輩驚訝的表情突然扭曲為悲傷的臉孔。
「……我剛剛還在作夢。」
「咦？」
「在夢裡面，姊姊祈禱天晴的時候，身體飄起來——然後消失在空中……」
我停止呼吸，腦中浮現陽菜從廢棄大樓的鳥居升天的身影，彷彿親眼看過這幅景象。這麼說我才想起，我也作了同樣的夢——
咚！咚！
這時，突然有人粗暴地敲響房間的門。
「開門！快開門！」
男人低沉的聲音大喊。這個聲音是……我正努力要想起來，就聽見打開門鎖的「喀嚓」聲，門打開了。
穿著鞋子直接走進來的是警察。穿制服的男警、女警，還有西裝打扮、留著飛機頭的高大男人。

「你是森嶋帆高吧？」

飛機頭站在我眼前，以冷淡的眼神舉起警察證件。

「你應該知道，你的雙親已經提出協尋失蹤者申請。另外，你有非法持有槍砲彈藥的嫌疑。可以請你到局裡一趟嗎？」

我無法回答，也無路可逃。這時前輩大聲喊：

「——放手！放開我！」

「別擔心，來，一起走吧。」

女警正要抓住在床上逃竄的前輩。

「前輩！」

我跑過去想要幫他，手臂卻感到劇烈疼痛，臉部被壓在床上。

「安分一點！」

頭上傳來不悅的聲音。飛機頭刑警把我的手臂扭到背後。

當我們被拉出旅館時，我感到一陣暈眩。

街道在刺眼的陽光照射下顯得輪廓分明，向陽處像是曝光失敗的照片般白茫茫地發光，陰影處則像敞開的洞穴般黝黑。頭頂上是萬里無雲的蔚藍天空。這個藍色實在太藍了，簡直像人工的產物，好似偽造的晴空。太陽的光線暴力地刺入我的眼睛，隨著陣陣疼痛眼中泛起淚水。處處都聽得見瘋狂的蟬鳴，我覺得自己好像被眾人齊聲責罵。

飛機頭回頭說：「喂，走吧。」

制服警察緊跟在後方，我幾乎是被推出到柏油路上。水深達到腳踝，這一帶的道路都淹水了，整座城市形成巨大的水窪。

「大概還要好幾天，都心的水才會全退。」

背後的制服警察說話的口吻似乎有些柔和。

「雖說電車全線停駛、全東京都處於混亂當中，不過晴空還是很棒。聽說這是三個月以來，關東地區第一次全部放晴。」

我忍住眼睛的疼痛，瞪著晴空，試圖在沒有一點汙漬的藍色當中尋找她的身影。我一方面覺得不可能，另一方面又覺得自己老早就知道會發生這種事，兩種念頭在腦中不斷盤旋。

「快點過來！」

站在警車旁邊的飛機頭發出斥責般的聲音。

「唔！」

這時有東西在上方閃了一下。我凝神注視，只見它又閃了一下。一個小小的碎片「撲通」一聲掉在腳邊，濺起小小的水花。我蹲下來，把手伸入水中。

「喂，你在幹什麼？」

飛機頭用焦躁的聲音問。

「……啊！」

全身冒起雞皮疙瘩。這是戒指。剛剛從天上掉下來的東西，是我應該已經套在陽菜無名指上的小小銀色翅膀。

——陽菜變成活人祭品？

「陽菜，這是騙人的吧？」

我激動地站起來。「喂！」制服警察抓住我的肩膀。我不甩他，拔腿奔跑，但雙臂被警察從後方扣住。我邊掙扎，邊使盡全身力量朝天空喊：

「陽菜，回來！陽菜！陽菜！」

但晴空絲毫沒有震動，把我的聲音吸入透明的空氣中。

「……好了。」

坐在旁邊的飛機頭重重地嘆一口氣，然後發出不耐煩的聲音。

「稍微冷靜一點了嗎？」

載著我的警車在淹水的馬路上緩緩前進。

「詳細的情況，我會在局裡聽你說。首先有個問題要向你確認。」

我低著頭沒有回答。飛機頭不以為意地繼續問：

「原本跟你在一起、昨天晚上失蹤的少女名叫天野陽菜，十五歲。沒錯吧？」

「咦……？」

我不禁抬起頭看飛機頭。他以一副興趣缺缺的態度俯視著我。

「你知道她去哪裡了嗎？」

「陽菜十五歲……她不是十八歲嗎？」

飛機頭稍稍挑起眉毛。

「她在打工地點提出的履歷上謊報了年齡。雖然說是為了生活，不過天野陽菜才國中三年級，仍舊處於必須接受義務教育的年齡……你不知道嗎？」

「搞什麼……」聲音兀自跑出來。「原來我才是年紀最大的……」

我聽見飛機頭咂舌的聲音，才發覺自己正在流眼淚。

「喂。」刑警毫不掩飾焦躁地說，「我在問你知不知道她去哪了。」

這時，胸腔內側突然像燃燒般變熱。這是——憤怒。我心中燃起激烈的怒火。

「陽菜她……」

我瞪著飛機頭。

「是陽菜換來這片晴空！可是大家什麼都不知道，像傻瓜似地高興……」

眼淚再度湧出來。我一直在哭。我為此感到難為情，不自覺地抱住膝蓋。

「怎麼可以這樣……」

從口中吐出的話語根本像是任性的小孩在鬧彆扭，讓我更想哭了。

「這下麻煩了……」

「要不要找精神鑑定的醫生？」

刑警小聲交談。警車的車窗外，陽光普照的街道綻放強烈的光芒向後流逝。

腦袋隨著脈搏感受到陣陣疼痛。

最近即使睡了一晚，宿醉也無法完全消除。明明剛起床，身體卻已筋疲力竭，再加上窗外的光線太過刺眼，眼睛無法順利對焦。即使如此，我仍舊緊盯著電視，邊揉眼睛邊不斷轉台。這些傢伙身為新聞播報員，卻都發出興奮的聲音。

『睽違好幾個月，耀眼的陽光終於照射在關東平原上！』

光影分明，宛若墓碑的都心大廈群出現在電視螢幕上。另一台則播放著小孩子在淹水的道路上奔跑。

『令人難以想像昨晚還下著豪雨。氣溫在早上八點已經超過二十五度——』

『以荒川流域為中心，有許多地方淹水。有水深十公分左右的地區，也有地勢較低的地區水深高達將近五十公分——』

『東京都內的ＪＲ、私鐵全線停駛，目前正在進行修復作業。昨晚的災害全貌仍舊不明，不過大眾交通工具要恢復，預期需要幾天的時間——』

『不過民眾看到久違的晴空，表情都非常開朗。』

路上行人的確都面帶笑容。我茫然地以局外人的心情想著，沒想到天氣變化會對心情造成這麼大的影響。可是我——不知為何並沒有很高興。從剛剛開始，胸口就有一種莫名的不舒服，好似沒有打算要殺死卻不小心踩死了蟲子。喂，妳也這麼覺得吧——我本來想問夏美，但是她不知何時出去了。

我試著深深嘆一口氣。去思考沒有理由的事情、聽陌生人興奮的聲音也沒意義，我關掉電視站起來走到窗前。窗外宛若水槽般積著水，處於半地下的辦公室窗戶和外面水泥牆的縫隙間，積了一公尺左右的雨水。窗框很薄的窗戶已經出現幾處裂痕，一道道細細的水流滲進來。

我沒有特別思考什麼，用手指扣住窗框。承受水壓的窗戶文風不動。我稍微用力一些——這時窗戶突然破了，水湧入辦公室裡。水流推倒堆在窗邊的書，把文件沖到房間內側。我呆呆看著這幅景象。當辦公室的地板淹水到腳踝左右，水流才總算停下來。

『爸爸，你看到外面了嗎？』

我接起手機電話，是萌花打來的。每次聽到這個聲音，我就會想到：幼童的聲音就像是生命本身。

『天氣好好！我想要再去公園！』

高興的聲音在耳邊迸發。相信世界上的一切都是為了自己所準備，毫不懷疑自己笑的時候世界也會跟著一起笑，自己哭的時候則以為世界只折磨自己一個人——多麼幸福的時期。我是在什麼時候失去這樣的時期？帆高那傢伙，現在也處於這樣的時期嗎？

「——嗯。」我回答。「爸爸今天也可以去公園。萌花，妳去拜託外婆吧。」

『嗯。對了，還有，爸爸，我昨天作了很棒的夢！』

「哦？什麼樣的夢？」

我邊說邊感到兩隻手臂起了雞皮疙瘩。我原本一直避免去察覺——

『陽菜祈禱放晴的夢！』

果然——我放棄抵抗，也想起來了。沒錯，我同樣作了夢，夢見晴女從有鳥居的大樓屋頂升天的景象。接著忽然想到，也許全東京的人都作了同樣的夢。每個人在內心深處，或許都知道這片晴空是犧牲某個地方的某個人換來的。

「……的確，也許就是這樣。」

我用沙啞的聲音這麼說，腦中卻像拿原子筆用力寫下一般想著：不可能會有那種事。

警車抵達池袋站附近的警察局。

我幾乎是從車上被拖下來，在前後有警察包夾的情況下走進警局，被帶到一扇扇門以狹窄間隔排列的昏暗通道。門旁的牌子上寫著「偵訊室」。

「……那個，警察先生。」

我鼓起勇氣開口。

「……什麼事？」

飛機頭回頭，以冰冷的視線俯視我。我刻意吸了一口氣，然後以豁出去的口吻說出先前在警車中想到的話。

「我希望——你們能讓我去找陽菜。我之前一直受到她的幫助，這回輪到我來幫助她了。我找到她之後，一定會回到這裡。我保證——」

飛機頭絲毫沒有改變表情，打開眼前的門。

「你有話要說的話，我會在裡面聽。進去吧。」

他用手掌從後面推我，我不由自主地踏進房內，看到電視劇中會出現的那種狹小偵訊室。房內有一張小小的桌子與檯燈，還有面對桌子的折疊椅。刑警在我背後低聲交談：

「安井呢？」

「在調查山吹町那一帶。」

「告訴他這邊要開始偵訊了。」

「好的。」

這時，我瞬間下定決心。

我低下頭，從警察和門之間的縫隙溜出偵訊室，朝著進來的方向全力衝刺。

「什麼……喂，等一下！」

遲了半拍，背後傳來怒吼。我沒有回頭，死命跳下階梯，手著地降落在樓梯間，順勢衝下一樓。

「抓住那個小鬼！」

幾個人驚訝地看著我。警察局空間很小，穿過眼前的大廳，馬上就到達出口。

「停下來！」

拿著木刀的警衛突然從出口旁邊跳出來。我在閃避的瞬間滑了一跤。

「哇啊啊！」

我雖然跌倒，卻以滑行的姿勢剛好穿過警衛的雙腳之間。我連忙站起來，不顧來車就衝到車道上。路上響起好幾聲喇叭聲，左轉過來的卡車怒吼：「王八蛋！」我不在意也不回頭，只是不顧一切地奔跑，邊跑邊感到驚訝。真的假的？簡直就是奇蹟，我竟然從警察局逃出來了！不過這樣下去馬上會被抓到，我必須尋找交通工具。

我看到街角停了一輛腳踏車。我跳上腳踏車，踢起停車架正要騎走，但突然被拉住而停下來。只見車輪用鎖鏈綁在護欄上。

「可惡！」

我焦躁地回頭看來時的路，飛機頭正以凶狠的樣貌追來；連忙環顧四周，從道路兩旁也有制服警察跑過來包夾我。就在這時候——

「帆高！」

我驚訝地往聲音的方向看過去，看到一名黃色領巾飄揚的女人，正騎著粉紅色機車衝過來。

「夏……」

是夏美。她以差點要撞上來的氣勢在我面前停車，困惑地喊：

「你到底在幹什麼？」

「我要去陽菜那裡！」

夏美驚訝地瞪大眼睛，接著——如果沒看錯的話，她突然高興地揚起嘴角。

「上來吧！」

「你們給我停下來！」

機車在刑警面前載著我急速起步。

「臭小鬼！」

飛機頭的怒罵聲被拋在背後越來越遠。夏美駛入狹窄的巷子。到處都在淹水，本田小狼濺起盛大的水花前進。原本刺痛眼睛的陽光，不知何時恢復習慣的亮度。

「夏美，妳為什麼——」

我為了避免被她粗暴的駕駛摔落，緊緊抓著她開口。夏美直視前方回答：

「凪打電話來，說陽菜不見了，然後你被警察帶走了！」
「前輩呢？」
「他說他被帶到兒福機構。」
這時聽到警車的警笛聲，似乎是從背後朝我們接近。
「該不會是來抓我們──」
「超好笑的！」夏美自暴自棄地笑了。她戴上安全帽附的護目鏡說：「這下子我們變成通緝犯呢！」接著繼續催油門。
「說吧，你要去哪裡？」
她用格外亢奮的聲音問我。氣溫不斷上升，在嘈雜的蟬鳴聲中，警車尖銳的聲音越來越近。視野前方更遠處，新宿的高樓大廈宛若水中倒影般搖曳。

那棟建築在很大的公園旁邊，比我想像的更為普通。
我在櫃檯告知來訪理由，工作人員就遞出訪客登記簿說：「請在這裡寫下地址和姓名。」我看到上面已經有「佐倉香菜」這個名字。那傢伙真過分，竟然擅自使用人家的姓。我寫了「花澤綾音」做為報復，地址隨便亂寫。

「那個男生人緣真好。」櫃檯的白髮伯伯用讚嘆的口吻說。「他才剛到這裡，妳已經是第二個來見他的。」

「哦？是嗎？」

我笑咪咪地鞠躬，把垂到臉頰上的頭髮撥到耳後。長髮真的很麻煩。看起來很慈祥的伯伯面帶笑容對我說：「快去找他吧。」

「綾音！妳特地來看我嗎？」

我打開寫著「會客室」的門，凪便笑容可掬地迎接我。

他的開朗態度還是跟以前一樣，讓我鬆一口氣。沒錯，凪不論遇到任何狀況都不會有問題。他明明比任何人辛苦，卻比任何人還要溫柔，而且比任何人都聰明。這點我最明白。香菜拘謹地坐在凪的對面，瞪了我一眼，然後擺出做作的笑容。我也揚起嘴角對她笑了笑。凪俐落地替初次見面的我們介紹彼此。

「香菜，這位是綾音。綾音，這位是香菜。」

我知道。我們在公車站曾數度差點相遇。花澤香菜留著輕飄飄的長髮，比我小一歲，現在小學四年級。可恨的是她竟然是凪的現任女朋友。不過，此刻我必須展現學姊的從容態度才行。我裝出笑容說：「請多多指教。」香菜也溫馴地鞠躬說：「我也是。」接著，凪比向從剛剛就面無表情坐在牆邊的大人。這個女人比我想像的還要年輕，不過眉毛很粗，看起來個性很頑固。原來如此，這個人就是——

「這位是女警佐佐木小姐，就是她把我帶來這裡的。聽說她今天一整天都會陪在我身邊！」

「真的啊？好厲害唷！凪簡直像ＶＩＰ一樣！」

我發出格外高亢的聲音，偷偷在其中隱含對女警的敵意。

「請多多指教！」

我和香菜齊聲打招呼並鞠躬，女警也默默無言地點頭。這個歐巴桑真冷淡。

「今天真的很謝謝妳們。事情發生得太突然，妳們應該也嚇了一跳吧？」

凪坐在兒童用的椅子上開口。這是一間小房間，書櫃上排列著在圖書館會看到的繪本，也有積木之類的玩具。牆上貼了「大家一起守護兒童的未來」的大海報。

「沒錯！」我和香菜異口同聲地說。

「你竟然會被警察輔導，害我嚇得心跳都快停了。」

我說完，香菜也探出上半身說：

「沒錯沒錯！我一直到現在心跳都好快。凪，你摸摸這裡確認吧！」

要他摸胸部確認？這女人竟然這麼積極！負責看守的女警露出驚愕的表情。

「哎呀～真的耶！」

我立即伸出手，一把抓住香菜的胸部。

香菜一臉不爽地瞪我，凪則爽朗地哈哈笑。女警目睹我們的社交關係，露出困惑的表情。香菜的心跳的確很劇烈，她也在緊張。

這時，凪突然對香菜快速眨了眨眼，香菜微微點頭。這是暗號。

香菜緩緩走到女警前方站住。

「那、那個～」

香菜吞吞吐吐地開口，女警詫異地看著她問：

「怎麼了？」

「呃……我是第一次來這種地方，有點緊張……」

「哦。」

「請問……洗手間……」

「哦！」女警似乎明白了，露出安心的笑容。「好好好，往這邊走。」

門「喀嚓」一聲關上，房間裡只剩下我和凪兩人——終於等到這一刻！

我們一起從椅子上站起來，開始脫衣服。

「抱歉。我會記住妳的恩情！」

凪脫下連帽衫時，臉上沒有平常的笑容。他也在焦急。

「搞什麼啊？為了自己方便，還找前女友來幫忙！」

我邊說邊脫下披在肩上的披肩，接著取下長髮的假髮。我自己的頭髮其實和凪差不多一樣短。

「很抱歉把妳捲進來，不過我只能拜託妳了，綾音。」

我知道。其實我很高興他跟我聯絡。

「給你！」我為了掩飾害羞，裝出不悅的表情，把假髮遞給凪，接著卸下連身裙的腰帶。

「你把頭轉向那邊。我要脫這件衣服！」

希望救援凪的計畫能夠順利成功——我邊向神明祈禱，邊脫下連身裙。

這傢伙，什麼時候變得這麼重了。

被我抱在腋下的小雨完全沒有抵抗，一副很安心的樣子，軟趴趴地放鬆全身力量。我伸出一隻手想要打開辦公室的門。由於積水的壓力，門變得很沉重，我只好把肩膀也靠上去把門推開。令人煩躁的蟬鳴聲和灼熱的陽光進入室內。

「——須賀圭介先生，昨晚打擾了。」

爬上狹窄的戶外階梯的途中，聽到上方傳來呼喚聲，我抬起頭看到是昨晚來辦公室的刑警。

「……你又來了。」

我故意重重地對他嘆一口氣。

「真正的夏天總算回來了。」

這個好像叫安井的中年刑警對我的譏諷無動於衷，拿出手帕擦拭黑白夾雜的頭髮上的汗水。站在後方、穿著制服的年輕警察沒有發言。

「我知道的事情，昨天就已經全部告訴你們了。」

我邊說邊把小雨放在柏油路上。小雨抬頭看著我，好像在問「怎麼了」。我用眼神告訴牠：「你的飼主已經不在了，隨便去你想去的地方吧。」

「可以看一下你的辦公室嗎？」

安井刑警說完，帶著警察穿過我旁邊走下階梯。「哎呀，都淹水了，真是不幸。」他以沒帶多少同情的口吻喃喃說道。

「喂喂喂，等一下！不要隨便亂來，裡面沒有人！」

聽到我的話，刑警在門口停下腳步。

「這個嘛，說來很難為情……」

安井刑警先如此聲明之後，試探性地看著我的臉。

「之前向你詢問過的那名離家少年，在今天早上找到了。我們請他到局裡，結果——」

我壓抑感情，面無表情地裝出不關心的樣子。刑警像是要賣關子，停頓很長的時間才以困窘的表情說：

「他從警察局逃跑了。這是前所未聞的情況。」

「！」

我已經不知道自己此刻是否仍舊維持面無表情。「喵～」小雨發出擔心的叫聲。

「代代木的廢棄大樓？」

我反問背後的帆高。雖然沒有看到警車，不過從剛剛就一直聽見忽遠忽近的警笛聲。

「嗯，陽菜說她是在那裡變成晴女的！她在那裡和天空連結！」

「！」

聽帆高這麼說，我腦中浮現快要忘記的昨晚記憶，想起自己夢見陽菜邊祈禱邊升天。如果是在代代木，那麼離這裡沒有很遠。

「所以說，只要到那裡，一定——」

「趴下！」

我瞬間低頭大喊。

「哇啊！」

巷子被倒下的電線桿堵住，本田小狼勉強穿過它下方。路上處處可見昨晚豪雨的痕跡：堵住道路的建材、散落的樹枝、倒下的樹木及招牌、駕駛到一半被捨棄的無人車輛。我邊閃避障礙物邊持續奔馳在巷弄間，不久就看到前方是一條大馬路。

這時，警笛聲突然變大了。

「糟糕！」

我衝入四線道馬路，發現鳴著警笛的警車就在正後方，形同被警車緊緊追趕在後。

『前方的本田小狼，請停車！』

警車的擴音器發出凶狠的怒吼。就算這麼說，到這個地步也不能停下來。「是那個刑警！」帆高說。大型十字路口越來越近，那裡是目白站的轉角。那一帶應該是——

「抓緊！」

我朝著背後大喊，在此同時使勁催油門。機車斜斜地橫越車道，衝到在十字路口右轉的卡車正前方。

「哇啊啊啊啊！」

帆高發出尖叫。本田小狼驚險地擦過卡車，衝向大廈之間細細的階梯。車身有一瞬間飄浮在空中。喀啷！本田小狼充分發揮懸吊系統的功能，降落在階梯平台，乘勢「喀噠喀噠」地衝下階梯。路人驚嚇呆愣的臉孔劃過視野。我直接騎到鐵軌沿線的狹窄單行道上。

「哇，超驚險的！我太厲害了吧？」

我像是從飛機跳下來般興奮不已地高聲大喊，感覺腎上腺素大量分泌。我很想大笑。帆高仍舊緊緊抱著我的肚子，以膽怯的聲音說：「夏美，妳怎麼了？」警車的警笛聲越來越遠。我笑著說：

「天啊太厲害了，超有趣的！也許我適合做這種事！」

這個瞬間，腦中閃過很棒的點子。

「我知道了！」

沒錯，這就是最適合我的職業！

「我去當騎白色機車的交通警察吧！」

帆高以想哭的聲音喊：

「他們不可能僱用妳了！」

啊，說得也對。

算了，現在先別想求職的事。

我來了，代代木！我重新振作精神，緊握把手。

「他逃跑的理由，似乎是要尋找原本在一起的女孩。」

我靠在吧檯側面，瞪著環顧辦公室每個角落的安井刑警。原本期待他看過無人的辦公室之後會馬上回去，不過這個中年男子似乎沒有要離開的跡象。

「說來滿奇妙的——」刑警仰望窗外。「根據他的說法，那個女孩是為了現在的好天氣而消失。」

「哈哈。」我裝出笑聲。「這是什麼話？警察竟然相信這種——」

「我當然不相信這種話。」

刑警也笑著回應。他把手放在柱子上，盯著某樣東西。那根柱子是——
「不過，他現在等於是斷送了自己的人生。」
刑警蹲下來，瞇著眼睛檢視柱子。
「他有做到這種地步也想要去見的對象，或許讓我有點羨慕。」
刻在那根柱子上的，是直到三歲都在這裡長大的萌花身高。上面也有明日花寫的字。文字和記憶，彷彿都是幾天前留下的一般鮮明。
「跟我說這些，我也……」
我悵然地對刑警開口。原來帆高有做到這個地步也想要去見的人。我有這樣的對象嗎？即使拋棄一切也想要去見的人——即使全世界都嘲笑我錯了，仍想要去見的某個人。
「須賀先生。」
刑警低聲開口。我也曾經擁有這樣的對象。明日花，如果能夠再一次見到妳，我會怎麼做？我一定也……
「你不要緊嗎？」
刑警站起來問我。他以有些詫異的表情盯著我的臉。

「啊？什麼意思？」

「你怎麼哭了？」

他這麼一說，我才發現自己正在流淚。

仍舊停在半路上的無人電車往後方流逝，車窗反射著強烈陽光。這時，我發覺到雖然沒看見警車，但又開始聽見警車的警笛聲。在久違的盛夏白天，安全帽內非常悶熱，坐在後座的帆高體溫也很熱。但是我腦中像吹著高原的風一般冷冽清晰。我騎機車載著從警察局逃出來的男生，和警車進行愚蠢的追逐，目的地是廢棄大樓。我們為了救陽菜而犯下罪行（沒錯，從剛剛到現在做的事，已經是很明確的犯罪行為），依據卻只是夢境。我不禁對自己感到好笑。可是——

就好像把潮濕而變得沉重的衣服全部脫下，我現在感到非常清爽。求職活動或法律都無所謂，我絕對是在做正確的事，毫無疑問站在正義的一方、站在故事主角的一方。我不知道已有多少年不曾像現在這樣毫無迷惘。

「夏美，妳看！」

背後的帆高大喊。

「啊……」

機車奔馳的緩降坡前端淹沒在水裡，前方宛若出現一座大水池。

我迅速掃視四周。沿著鐵軌的這條路是直線道路。目測水池寬度頂多十公尺，在那前方再度出現道路。警笛的聲音越來越近——過得去，只能前進了。

「我要衝了！」

「什麼？」

我在喊出聲的同時使勁催油門。水面越來越近。來到水池邊緣時，我輕輕拉起把手。路面的阻力突然消失。

「哇啊啊啊！」

本田小狼彷彿在嘲笑帆高的悲鳴，奔馳在水面上，濺起閃閃發光的水花。攝影機就在旁邊拍攝——我突然產生這樣的錯覺。除了我們以外，其他人都是配角。世界的一切都是為了我而準備，我站在世界的中心。當我發光，世界也跟著閃耀。還差一點點就到達對岸的柏油路。啊！世界是多麼美麗……

然而，水的阻力突然絆住輪胎。本田小狼邊在水上滑行，邊冒著泡泡往下沉。

「到此為止啊！」

我果斷地對帆高說。我的戲分到此為止。其實在衝入水池之前，我就知道了。

不過——

「帆高，你去吧！」

「嗯！」

帆高以本田小狼的貨架為踏板，抓住淹在水裡的卡車車頂，踢了小狼後，乘勢爬到卡車車頂上。我的小狼完全沉入水裡。我下了機車，水淹到腰部左右的高度。

帆高毫不遲疑地爬上有刺鐵絲網。

「謝謝妳，夏美！」

他瞥了一下我的眼睛對我這麼說，然後跳到軌道上向前奔馳。我深深吸入空氣，用最大的聲音喊：

「帆高，快跑！」

他不再回頭看我，身影越來越遠。嘴角在笑。警車的警笛聲已經非常接近。

——我只能到此為止，少年。

我在心中又說了一次。

我的少女時代、我的青春期、我的認同未定期到此為止。

少年，我會先一步成為大人。我要成為讓你和陽菜憧憬到極點的大人，成為你們想要早點變成的那種大人。我會成為格外有魅力、完全不把小圭看在眼裡、至今沒人看過的超級大人。

我凝視著遠去的青春期背影，以開朗舒暢的心情祈禱。

所以，你們一定要平安無事地回來。

第十章

愛還能做些什麼

沒有電車行駛、沒有任何人的軌道，讓我聯想到生鏽般的褐色砂丘。密集的建築中，只有這裡是高出來的小丘，大面積的土地上直線並排著四條軌道。在遙遠的更前方，新宿大廈群彷彿是從異世界滲出的景象，在熱浪中搖曳。

我拚命跑在這片砂丘上。

贗品般的藍天，以及宛若支撐天空的白色柱子般巨大的積雨雲，冷冷俯視著我。

陽菜。

陽菜，陽菜，陽菜。

我瞪著萬里無雲的天空。

陽菜，妳在那裡嗎？

「帆高，我跟你說。」

當時妳以預期某件事將會發生的燦爛笑容這麼說。
「馬上就會放晴了喔。」
當時我在閃閃發光的太陽雨中，從妳手中接過某樣東西。
「這個給你，別說出去。」
那天晚上格外美味的漢堡，還有在妳房間吃到的即席洋芋片炒飯。
「原來你比我小。我下個月就十八歲了！」
妳一直裝成大姊姊，而我一直依賴著妳。
「你來東京以後，覺得怎麼樣？」
對於妳的問題，我回答：
「好像已經……不悶了。」
不過那是因為遇見了妳。
妳給我很重要的東西。
「我很喜歡晴女這份工作。」
當時夜空中接二連三綻放煙火。我想起夜晚摻雜著火藥的氣息、東京的氣味、還有妳的頭髮香氣。

那一天妳看著我，以溫柔的笑容說：

「所以謝謝你，帆高。」

汗水流進眼中，腦袋像燃燒一般炙熱。

這時我總算發覺，自己仍戴著安全帽奔跑。我幾乎用扯的脫下安全帽丟掉。妳給我的，是過去我沒有的東西，像是希望、憧憬、羈絆，或許還有戀愛。另外更重要的，就是勇氣。妳給我的勇氣，驅使此刻的我向前奔跑。

不久，軌道前方出現車站月台，好似漂浮在海上的棧橋。月台上的工人看到我，驚訝地喊：

「喂，你在幹什麼？」

「不要闖入軌道！停下來！」

我沒有回應，繼續跑過車站。過了高田馬場站，又過了新大久保站，軌道頓時變寬。地面到處散落著倒下的樹木及建築材料等瓦礫，修復工人的身影也隨處可見。我被這些工人怒吼、被警笛追逐，即使如此還是沒有停下腳步，仍舊繼續奔跑。雙腳只顧著向前方奔馳，胸腔只顧著吸入又吐出空氣。我只想著陽菜一個人。

不知不覺中，我終於跑到熟悉的新宿大樓群之間，跑在曾經穿過底下好幾次的大型高架橋上。許多路人抬頭看獨自跑在軌道上的我，大家朝我舉起手機。他們在笑，在嘲笑我。

我邊跑邊想，大家明明都知道——

大家明明都踐踏著別的東西而生活，明明必須依賴別人的犧牲才能生活下去，明明就是拿陽菜來換取晴空。

而我也一樣。

『車站廣播，車站廣播，有人闖入山手線月台——』

新宿站逼近眼前，宛若巨大要塞，從車站內傳來廣播的聲音。許多穿著工作服的工人停下修復工作望著我。

『應該是擅自闖入的一般民眾。請以安全為優先，交由鐵路警察逮捕。』

——對不起、對不起。

我在心中重複好幾次，穿過新宿車站。好幾個月台、柱子和電線往後流逝。

對不起、對不起，陽菜，對不起。我不該讓妳當晴女，不該讓妳承受所有重擔。

車站職員和工人都驚愕地看著我。「危險！」「停下來！」大家只是開口喊，沒有一個大人伸手抓我。不久，我進入排列著一根根柱子的昏暗隧道，跑在淹水的水泥地上。踩著水的腳步聲聽起來好像不屬於自己，而是從背後傳來。

穿過隧道後，我看到代代木的那棟廢棄大樓就在住商混合大樓後方。

「——帆高。」

昨晚躺在床上的感覺已經是很遙遠的過去。原本看著戒指的陽菜抬起頭，直視著我問：

「你希望這場雨停止嗎？」

而我——

「……呼！呼、呼、呼……」

我來到廢棄大樓前方，終於停下腳步，胸部因渴求氧氣而劇烈起伏，全身冒出大顆汗珠，掉落在腳邊的水窪，製造出一道接著一道的漣漪。抬頭仰望，屋頂上的朱色鳥居在陽光中閃耀。

當時我為什麼要回答「嗯」？

為什麼沒有告訴她，我根本不在乎天氣？

為什麼沒有說「不論是晴天或雨天，只要有妳在就行了」？

陽菜。
為了妳——我還能做些什麼？

或許是因為昨晚的風雨，廢棄大樓崩塌得很嚴重。
這棟建築原本就很破舊，現在外牆幾乎都已剝落，瓦礫甚至散落到軌道上。我爬上軌道旁邊的圍牆，跳到大樓的院子裡，從崩塌的牆壁進入裡面。
廢棄大樓內昏暗且悄然無聲，空氣中瀰漫著很重的濕氣。陽光從四處的洞穴形成光束射入室內，在地板及牆上製造出光影複雜的花樣。我沿著室內階梯跑上去，想要跑到屋頂，然而不知道爬到幾樓的時候，樓梯間的天花板崩塌而堵住階梯。從室內階梯無法繼續往上爬，於是我衝入這一層樓的房間，想要前往戶外的逃生梯。
就在這時候——
「帆高！」
高大的人影出現在面前。人影接近，光束照亮這張臉。

「——須賀先生？」

是須賀先生。他瞪著我說：

「帆高，我找了你好久。」

「咦……為什麼？」

「你知道自己做了什麼嗎？」

他的聲音當中不知為何帶有怒氣。我忍不住怒吼回去：

「陽菜消失了！」

「……」

「是我害的，都是因為我讓她當晴女。」

「帆高，你——」

「這回應該由我來幫助她……」

這時突然傳來警車的警笛聲，中斷我們的對話。我豎起耳朵。聲音還很遠，不過不能再拖拖拉拉了。

「我得走了！」我開始奔跑。

「喂，等一下！」須賀先生抓住我的手臂。「你要去哪裡？」

「從那裡可以前往彼岸！」

我指著房間的天花板說。崩塌後開了洞的天花板外面，可以看到朱色鳥居的頂端。天空上方是彼岸，天空上方是另一個世界。

「你在說什麼……」

「她一定是在天上！只要從逃生梯爬上那裡……」

我正要向前跑，卻被用力拉住手臂。

「帆高！」

「我得去救她！」

「等等，她怎麼可能會在天上？」

須賀先生加強抓住我手臂的力道。

「放開我！」

「振作點！」

啪！我被打了一巴掌，疼痛讓我突然察覺，警車的警笛聲已經近在咫尺。須賀先生彎下腰，看著我的眼睛說：

「帆高，你先冷靜下來。現在還是馬上回警察局比較好。只要說清楚，警方也會了解你沒有做什麼壞事。」

我感到混亂。須賀先生為什麼站在警察那一邊？警笛聲停在大樓底下，我聽到好幾輛車打開門，紛紛發出「砰！」的聲音，接著是一群人跑上樓的腳步聲。須賀先生抓住我的雙臂，用懇求的口吻說：

「你如果繼續逃跑，就會變得無法挽救了。這一點你應該也知道吧？」

我真心無法理解這個人在說什麼。逃？在逃的是誰？假裝沒看見的人是誰？

「別擔心。」須賀先生的聲音忽然變得溫柔。「我也會跟你一起去。我們一起去把話說清楚，好嗎？」

他邊說邊強硬地把我拉到出口。大人的力量把我拉動。

「放開我！請你放開我！」

「我叫你冷靜一點！」

「放開我！」

我使勁咬住須賀先生的手臂。

「好痛！臭小子！」

我的肚子被踢了一腳，背部撞到牆壁上，身體不支倒地，口中不自覺地發出

「唔……」的難堪聲音。

「啊！」

當我睜開眼，剛好看到埋沒在雜草中的手槍。那是我以前丟掉的槍。我立刻抓住那把手槍，坐在地板上把槍口對準須賀先生。

「不要阻止我！」

須賀先生瞪大眼睛，擺出尷尬的笑容，用困窘的聲音說：

「……帆高？你拿著那種東西——」

「讓我去陽菜那裡！」我緊緊閉上眼睛。

——砰！

我朝著天花板扣下扳機，沉重的槍聲在廢棄大樓造成回聲。須賀先生目瞪口呆。為什麼——我瞪著須賀先生，心想為什麼我要拿槍對準原本喜歡的人？為什麼每一個人都要蠻不講理地擋在我前方？

「森嶋帆高！把槍放下來！」

好幾個人的腳步聲衝入房間。

「什麼！」

須賀先生的聲音拔高。以飛機頭為首的四名持槍警察進入室內。我和須賀先生轉眼間就被包圍了。

「喂喂喂，請等一下！這是誤會，我會好好說明！」

須賀先生拚命安撫他們，但那些刑警仍舊保持嚴肅的表情，舉槍瞪著我。我手中仍舊拿著槍。

「喂，帆高，我們剛剛正談到，待會兒要一起去警察局吧？」

我無言地站起來，瞪著警察，把槍指向他們。

「你……」須賀先生發出嘶啞的聲音。

「森嶋，放下槍！」中年刑警喊。

「別讓我們開槍。」飛機頭喃喃說道。我輪流瞪著眼前的大人，把槍對準每一個人。從剛剛開始，膝蓋就無法停止顫抖。光是站著，心臟就在暴動。通過喉嚨的空氣像燃燒般灼熱。

「帆高，沒事了，把那東西放下來，好嗎？」

須賀先生顫抖著聲音這麼說，接著朝周圍的刑警怒吼：

「說實在的，你們也很過分吧？一群大人拿槍指著一個孩子。他才十六歲耶！

怎麼可以這樣？他不是犯罪者，只是個離家出走的少年！」

「不要管我！」

我如此大喊。所有人都看著我。

「為什麼要阻撓我？大家什麼都不知道，裝作不知道！」

無關乎個人意志，眼淚逕自湧出來，槍口前方那些大人的身影變得模糊。難道已經不行了？難道要結束了？我就要束手無策地被抓了嗎？她給我的勇氣、我心中迸發的情感，還沒派上用場就要結束了嗎？

「我只是，想要再一次——」

我流下眼淚，以全部的靈魂吶喊。

「——見到她！」

我把槍丟出去，趁警察的視線移開的瞬間朝窗戶奔跑。前方就是逃生梯，但飛機頭立即抓住我的衣領，直接從背後壓到我身上，把我的臉用力按在瓦礫散落的地面。劇烈的疼痛讓視野變得扭曲。

「抓到了！」

跨在我背上的飛機頭說完，在我的左手腕銬上手銬。

「可惡，放開我！」

再這樣下去，雙手都會被銬住。我拚命掙扎，但背上的飛機頭文風不動。我從眼角瞥見其他警察跑過來。

「你們這些傢伙——」

這時聽見了須賀先生的聲音。

「不要碰帆高！」

接著，壓在我身上的飛機頭被打飛了。我驚訝地抬起頭，看到須賀先生騎在飛機頭身上。

「你這傢伙！」

飛機頭怒吼著起身，卻被須賀先生一拳揍下去。

「帆高，快去！」

我有一瞬間和須賀先生四目相交，接著像彈起來般起身奔跑，經過正在纏鬥的須賀先生與飛機頭。

「站住！」

然而中年刑警擋在窗戶前方，朝我舉著槍。

「──帆高！」
這時突然聽見高亢的呼聲。我望過去，不禁懷疑自己的眼睛。
「凪？」
穿著連身裙的凪從房間的另一個入口衝進來，直接撲向中年刑警，把對方撲倒在地板上，胡亂打著刑警的臉對我喊：
「帆高，都是你害的！」
凪瞪著我，以哭腫眼睛、流著鼻水的小孩子臉孔對我喊：
「把姊姊還給我！」
「！」
我彷彿被這句話踢飛出去，立即從窗戶跳到外面的逃生梯。著地的瞬間，腳下生鏽的金屬地板脫落。我及時抓住扶手，把身體拉上去，在逃生梯上奔跑。
掉下去的地板發出很大的聲音墜落到地面。我不斷跑、不斷跑、不斷跑。為了在此刻用盡不知該如何宣洩的力量、陽菜給予我的勇氣、以及在心中不斷吶喊的心情，我拚命奔跑，終於來到屋頂。
神啊──

我心想。

拜託，拜託，拜託。

我相信，堅定地相信。

穿過鳥居下方的同時，我強烈地祈禱。

請讓我再次到陽菜的身邊——

第十一章　比晴空更重要的是……

我睜開眼睛，看到自己置身於深藍色的天空。

無比深邃的藍色，幾乎接近黑色。腳下是發光的藍色大弧形。那是天空和大地的界線——地球。空氣冰冷到快凍僵了，吐出的氣息都結成冰而閃閃發光。我正從非常高的高空向下墜落，完全無法抵抗。然而，我絲毫不覺得恐懼。這種奇妙的感覺，就好像醒著在作夢一般

在很遙遠的地方，天空響起聲音。我望過去，看到紅色的光從雲層朝著宇宙閃爍。是打雷嗎？我正處在和地表現象完全不同的世界。

不久看到底下出現一道白色的帶子。那是從地平線的這一端橫跨到另一端的巨大雲帶。雲帶宛若糾纏的大樹一般，緩緩蠕動著，流向太陽的反方向。

「那是……」

當我在降落中越來越接近雲帶時，看到奇妙的東西。

「龍……？」

當我越來越接近，才看到這條帶子好像生物的群體。巨大的白龍糾纏在一起，互相吞噬並環繞著地球。

「那就是……天空之魚……？」

這時我突然察覺到頭上有東西，抬起頭不禁目瞪口呆。一隻巨大的龍張開雪白的大嘴，正朝我逼近。

「哇啊啊啊啊啊！」

我被龍吞進肚裡。龍的體內簡直就像濁流。在分不清是水是霧的昏暗中，彷彿置身於沒有終點的瀑布，我毫無抵抗力量地隨波逐流。感覺全身上下都被柔軟的東西劈劈啪啪地鞭打，努力張開眼睛看到那些東西好像是小魚群。不久之後，前方變得明亮，接著我突然來到藍色當中。

我穿過了龍的身體。

周圍的天空是熟悉的蔚藍。我抬頭看到龍的帶子越來越遠。空氣雖然相當凜冽，但已經不是凍結般的虛空。在持續墜落的身體周圍，不知從何時跟來幾隻天空之魚。這些魚的身體如水一般透明，和我在飯店看到的陽菜身體很像。我確信她就在這片天空當中。我深深吸入冰冷的空氣，然後以自己的身軀所能發出的最大音量，喊出她的名字。

「陽菜～～」

遠處響起的鼓聲，好像低聲的呢喃。

撲通、撲通、撲通。

不對，這是心跳。誰的心跳？

是我的——我？我還存在？

撲通、撲通、撲通。

心跳變得激烈。身體逕自清醒。為什麼？

——因為有人呼喚我。

撲通！撲通！撲通！

——因為願望傳遞過來。他希望我存在。

「——陽菜！」

我聽到了，聽到他呼喚我的名字。我睜開眼，從眼角瞥見環繞著我的魚群發出「沙沙沙」的聲音遠離，茫然地心想我沒有成為牠們的一部分。我把雙手貼在草原上，緩緩抬起上半身，眺望天空。

這時，我看到了。

看到願望的實體。那是我的願望和他的願望重疊的形態。

「陽菜！」

在眼前的天空吶喊、朝我拚命伸出手的是——帆高。

「帆高！」

我彷彿突然從夢中清醒般站起來。胸口在發燙，全身都在發燙。從心中湧起並驅使我全力奔跑的這股心情，是喜悅與愛憐。

「陽菜！」

我大喊，並拚命朝著在底下的草原上奔跑的陽菜伸出手。然而，我受強風吹拂，遲遲無法接近陽菜。

「帆高！」

陽菜也朝我伸出手。我心想，必須離開這裡才行。雲上的這片草原是彼岸，是我們不應該待的世界。這裡是死者的世界。

「——陽菜，快跳！」

我被風往上吹時大喊。陽菜點頭，跑到草原邊緣，宛若知名跳遠選手般，朝著藍天縱身一躍。她的身體乘著風接近我。我伸出手，終於抓住陽菜溫熱的手。這一瞬間，彷彿重力終於發覺到我們的存在，兩人的身體朝著地表直線墜落。

「陽菜，我見到妳了！真的見到妳了！」

陽菜就在我眼前。她的眼睛、她的聲音、她的頭髮、她的氣味，真的在我的十公分前方。

「帆高、帆高、帆高！」

「不要放開手！」

「嗯！」

我們朝著厚厚的雲層谷底墜落。太陽光被遮蔽，周圍變得越來越昏暗。水的氣味變得濃郁，衣服變得潮濕而沉重。漆黑的雲之牆宛若生物的內臟般，緩緩對流蠕動。雲的深處偶爾會亮起巨大的閃電。每一次出現，幾乎穿破耳膜的巨響就會讓周圍的空氣同時震動。

「啊！」

濕濕的手滑了一下，兩人的手再度分開，我追逐著往下墜落的陽菜。陽菜彷彿被吸入黑色洞穴般墜落，我們的距離越來越遠。我拚命把手往前伸。

「陽菜，一起回去吧！」

陽菜似乎突然想起某件事，臉色變得陰沉，表情好像在猶豫。她以提問的語氣對我喊：

「可是，如果我回去了，天氣又會……」

「不用管它了！」

我怒吼，陽菜露出驚訝的表情。我已經下定決心，不用管其他的一切。就算是神明，我也要反抗。我已經知道自己該說什麼。

「不用管它了！陽菜，妳已經不是晴女！」

陽菜瞪大的眼睛映出激烈閃爍的閃電。我們穿過隨著雷聲震動的雲層，直落到積雨雲下方。底下就是東京燦爛的街道。我的手往街道與陽菜接近。我朝著陽菜大喊。沒錯，我知道自己該說什麼。

「就算再也不會放晴也沒有關係！」

陽菜眼中泛起淚水。

「對我來說，陽菜比晴空更重要！」

陽菜大顆的淚珠在風中飛舞，碰到我的臉頰。就如雨滴造出漣漪，陽菜的淚水也造出我的心情。

「天氣——」

我的手終於——

「讓它繼續瘋狂也沒關係！」

——再度抓住陽菜的手。陽菜立刻抓住我的另一隻手。我們的雙手緊緊握在一起，視野、世界在我們周圍旋轉。在不斷旋轉的世界中央，我們握著彼此的手飛舞著。

陽菜的臉近在眼前，彼此的呼吸很接近，她隨風飄動的長髮溫柔地撫摸我的臉頰。那雙持續湧出淚水的眼睛，彷彿是只有我才知道的祕密泉水。太陽、藍天、白雲，還有迎著光閃耀的陽菜和底下的街道，在這一瞬間烙印在我的眼中。我對她微笑說：

「陽菜，為了妳自己祈禱吧。」

陽菜也露出微笑，然後點頭。

「……嗯！」

我們閉上眼睛，將握住的雙手貼在彼此的額頭上，然後祈禱。

我們的心在說話，身體在說話，聲音在說話，愛情在說話。

說著：「活下去吧。」

好像聽到遠方的雷聲。

我在被拉向警車的途中停下來。飛機頭刑警詫異地回頭。

「喂，須賀先生。」

我沒有理會刑警不悅的聲音，抬頭仰望天空。

午後的天空不知何時湧現厚厚的雲。我眺望廢棄大樓的屋頂。帶有濕氣的冷風搖晃著屋頂上的草木，樹葉被捲到空中。

「不要停下來，快走。」

刑警拉扯銬在我手上的手銬，但是我仍舊注視著鳥居。根據追逐帆高爬上階梯的警察說法，帆高並不在屋頂上。警方認定他逃離現場，目前仍舊在附近搜尋中。然而，我覺得帆高應該還在那裡。為什麼——心中湧起不安，喉嚨異常疼痛，肌膚表面起了雞皮疙瘩。類似預兆的東西從腳邊竄升上來。

這時全東京的天空閃了一下，在此同時聽見震撼地面的雷聲。下一瞬間，我看見彷彿有好幾條龍同時發動攻擊，巨大的水塊落到地面。

接著就下起豪雨。那是宛若瀑布般的大雨。

面對硬生生突然奪走晴空的天氣，我和一群刑警都呆呆佇立著。

當時所有人恐怕都察覺到，這不是普通的雨。其實大家都知道，這一天遲早會來臨。我們從以前就感覺到，平穩的日子不會一成不變地持續下去，不可能永遠逃避。我們並沒有做什麼、沒有決定什麼、沒有選擇什麼，即便如此，仍舊無法繼續逃下去。所有人都有預感，世界遲早會產生決定性的變化，但大家都假裝不知道。

我沒來由地這樣想著，即使全身濕透，仍繼續眺望下雨的天空。

在那之後，雨持續下了三年都沒有停止，直到現在仍舊下著。

終章　沒事的

迴盪在體育館的歌聲，隱約摻雜著雨聲。

我發覺到這一點，突然停止唱歌。旁邊的同學瞥了我一眼。只有我一個人保持沉默，瞪著台上高掛的「畢業典禮」文字。這場島上高中的小型典禮，是為了我們這些只有十人左右的畢業生舉辦的。

——世路多歧，人海遼闊，揚帆待發清曉。誨我諄諄，南針在抱，仰瞻師道山高。

今天最後一次穿制服的同學淚眼汪汪地唱著畢業歌。我只是閉上嘴巴，試圖聽辨雨聲。

走出學校，就聞到春天的氣味。

我一手拿著裝畢業證書的筒子一手撐著傘，走在沿海的道路上。不久之前還冷到刺痛肌膚的海風，不知何時開始帶有柔和的溫度。結束下午捕魚工作的幾艘漁船漂浮在海面上，彷彿正在緩緩滑動。路邊長著鮮黃色的花朵，櫻花樹上也綻放淡粉紅色的花。

春天真的又來了。

我有些不敢相信，望著從以前就沒有變化的島上風景。春天為什麼會再度來臨，好像什麼事都沒有發生？季節為什麼到現在還是會變化？人類的生活為什麼依舊不變地持續下去？

明明在那之後，雨一直下著。

我眺望著把漁獲搬到港口的漁夫身影，繼續思考。

即便如此，從那天之後，人們的表情就稍稍改變了。變化非常細微，如在廣大的游泳池中滴了一滴墨水，顏色、味道、氣味都沒有改變，本人或許也沒有發覺，然而我知道，人們的表情、內心已經和三年前不一樣了。

「——森嶋學長！」

突然聽到有人叫我，回頭看到兩名學妹正跑下斜坡。我當然認識她們，畢竟全校學生只有三十人左右，但只有打過招呼。名字是——我還沒有想起來，兩人就來到我面前站住，以躊躇的表情說：

「那個，有件事想要請問你……」

長髮女生問我：「請問你真的要去東京嗎？」我回答「嗯」，一旁的短髮女生用手肘戳她說：「看吧，我就說今天是最後機會了。」

我們在道路旁邊的涼亭下面對面站著。雨聲和海浪聲混在一起。

「快問吧，只有現在這個機會了！」短髮女生像在斥責般低語，長髮女生便滿臉通紅地低下頭。看到這幅情景，我不禁驚愕——這個局面該不會是……我即將接受告白了？

「那個，學長！」長髮女生鼓起勇氣，以濕潤的眼睛看著我。「有件事我一直想要問學長！」

糟糕，這是意料之外的發展。該怎麼辦？我感覺到掌心滲出汗水。

「請問學長，聽說你在東京——」

糟糕。我該怎麼用不會傷害對方的方式拒絕她？救救我吧，凪前輩。

「——曾被警察通緝，是真的嗎？」

「……咦？」

兩名學妹以興奮的表情看著我。

「……是假的。」

「咦？可是我們聽說，森嶋學長雖然看起來很普通，可是其實有前科！還和東京的黑道有來往！」

我對自己愚蠢的期待心生無奈，不過也稍微鬆一口氣地老實回答。反正我沒有特別想隱瞞。

「黑道傳聞是假的，不過我的確被逮捕過，還在東京接受審判。」

「哇啊！」

兩人高興地握著彼此的手歡呼。

「好酷喔！簡直像電影主角！」

「謝謝。」我苦笑著說。

長長的汽笛聲迴盪在下著雨的三月天空，宣告渡輪即將出港。

巨大的船身撥開海水前進的沉重震動，從我的屁股下方傳送到全身。

我的座位在最接近船底的二等艙。往東京的航程有十小時以上，到達時已經是晚上。這是我這輩子第二次搭乘這艘渡輪前往東京。

我站起來，前往爬上甲板的階梯。

兩年半前的那年夏天——

我在下著雨的屋頂上醒來，當場被警察逮捕。位在鳥居下方的陽菜仍舊在沉睡，被警察扛到別的地方。飛機頭刑警在警察局告訴我，在那之後她馬上醒來，健康狀態沒有異常，大概能夠獲允再次和弟弟一起生活。

我在被送交的檢察廳小房間內，得知自己背了好幾條嫌疑。槍刀法第三條，禁止非法持有槍械。刑法第九十五條，妨礙公務。朝他人開槍屬於刑法第一百九十九條及兩百零三條的殺人未遂罪。跑在軌道上違反鐵道營業法第三十七條。

然而少年法庭對我下的判決，意外地只有保護觀察處分。法庭認同我並非故意持有槍械，一連串的事件也被判斷並非重大案件，犯罪危險性很低。

我從少年鑑別所獲得釋放、好不容易回到島上時，距離離家出走那一天已經過了三個月。盛夏已經結束，開始感受到秋天的氣息。我意志消沉地回到家，雙親和學校都笨拙但溫暖地迎接我。原本令我感到窒息的父親和學校，在我回去之後就變成理所當然的生活環境。如同我自己不夠完美，大人也同樣地不完美。大家都抱持著如此不完美的缺陷，時而碰撞得鼻青臉腫在生活。我不知不覺中很自然地接受這樣的想法。就這樣，我在島上的高中生活重新開始。

那是格外安靜的歲月，彷彿走在海底，感覺距離地表很遠。我抱持著這樣的心情度過每一天。別人說的話無法順利傳達給我，我說的話似乎也無法順利傳達給別人。過去我不必思考就能做的事，現在卻無法自然做到，包括下意識地睡覺、理所當然地用餐，甚至連走路似乎都有問題，一不小心好像就會同手同腳。實際上我有好幾次在路上摔跤、在課堂上忘記被詢問的內容、在用餐時拿著筷子停住不動。每次有人指摘，我就會刻意擺出笑臉，溫和地說：「抱歉，我只是剛好在發呆。」為了不讓別人擔心、讓他們能夠安心，我盡可能努力過著正常的生活。雖然只是主動掃地、認真聽講、不逃避與人交往等等像是聽話的小學生般的行為，卻讓我的成績進步、朋友增加，大人對我說話的次數也變多了。不過這些全都是附帶而來的，我的目標並不是這些。在夜晚淋濕的窗玻璃外，在早晨灰色的大海另一頭，我持續追尋著她的蹤跡。在雨聲當中，我持續尋找著那天晚上聽見的遙遠鼓聲。

就這樣，我慎重地屏著氣，等候畢業的日子到來。每個月和保護司進行一次的面談也在畢業前結束。除了不能在履歷表寫上「無賞罰紀錄」否則會成為謊報經歷之外，對我施加的處分結束了。

隨著傍晚接近，渡輪間擦身而過時響起的汽笛聲變得頻繁。我再次爬到甲板上，深深吸了一口氣，吸入冰冷的風和雨。水平線後方開始出現東京閃爍的燈光。

「已經兩年半了。」

我用確認磅秤刻度般的聲音喃喃自語。過了這麼久，距離那年夏天越遙遠我越覺得那起事件好像只是幻影。當時我看到的景色，美得不像是現實，但如果是幻影，細節又太鮮明。我照例感到混亂。然而，不久之後出現在眼前的景象，清楚地告訴我那不是幻影。

那是完全變樣的東京。

彩虹大橋沉入水裡，只有四根柱子矗立於海面，宛若含意深遠的塔。好幾個箱子浮出水面，看起像散落在海面的積木，其實是沒有完全沉沒的大廈頂端。由於天空執拗地持續下雨，導致關東平原大片土地沒入水中，眼前就是它的新面貌。目前東京都有三分之一的面積沉入水底。

即使如此，這座城市仍舊是日本的首都。原本在海拔〇公尺以下的東部大片低窪地區因為持續不斷的雨，原有的排水機能無法正常運作，經過兩年多緩緩沉入海中，當地居民也在這段期間遷移到西邊。溢出的荒川與利根川周圍，至今仍在建造遠遠包圍新滯洪池的巨大長堤防。即使氣候改變得這麼厲害，大家還是理所當然地繼續生活在這片土地上。

而我也回到了這裡。

我完整地封存那年夏天發生的事，再度來到此地。十八歲的現在，這回我真的是為了住在這座城市、為了再度見到她而來。

陽菜在這座城市，不知懷著什麼樣的想法生活。

到底能夠為她做什麼？我眺望著不斷接近的城市，心中一直思考。

我在大學附近租了公寓。

搬家的行李只有兩個紙箱。我把紙箱放在手推車上，搭乘長時間的電車搬到公寓。聽說這兩年因為西遷的熱潮，拉高了這一帶的租金，不過我租的這棟舊公寓大概只要兼兩份打工就付得起了。這一帶位於武藏野台地深處，幾乎沒有受到淹水的影響。

我聽著雨聲，獨自一人打掃房間並整理行李。吃完泡麵後，天空已開始變暗。線上廣播在播放關東地區的天氣預報：『接下來是今後一週的天氣預報。一整週都是雨天，最高氣溫為十五度左右。因為不是強降雨，因此可以欣賞到較久的櫻花……』

我把預報當成耳邊風，拿手機瀏覽兼差查詢網站。社會上充斥著各種工作，不過——我心想，應該還找不到。

還找不到。

還不知道。

這兩年半，我幾乎快要想破頭，終於決定大學要進入農學院。我想要學習在氣候變遷的現代需要的是什麼。雖然還不是很明確，但大概確立了一個目標，讓我總算稍微透得過氣。不過，我還是沒有找到真正重要的事情。我想要知道我去見她的理由，以及我能為她做的事。

「啊。」

我微微喊了一聲。正在尋找兼差的大腦當中，有一小塊區域突然想到其他事情。說起兼差，不知道那個網站還在不在——我輸入網址。

「……還在！」

手機上顯示的是太陽的圖案及色彩繽紛的「送上好天氣！」文字。穿著黃色雨衣的粉紅色青蛙，在一旁的對話框中說：「百分之百的晴女！」這是我們製作的晴女生意網站。我輸入密碼，登入管理員畫面，聽到電子鈴聲響起。

畫面顯示「有一件委託」。我驚訝地點擊內容。

那是將近兩年前收到的晴女委託。

「咦？只有你一個人嗎？」

富美婆婆看到我獨自站在門口，詫異地問。

「晴女小妹妹呢？」

她顯得有點失望，我連忙說：

「那個……她已經不是晴女了。今天我只是來報告這件事……」

「你特地為了這件事來到這種地方？」

「是的……」

打椿的「鏗、鏗」聲響迴盪在集合住宅的走廊上。這一帶接近荒川，雖然沒有淹水，但附近正在建設大型堤防。

「房間很小，不過還是進來坐坐吧。」

富美婆婆的房間雖然比我的公寓大了一倍左右，但是和之前造訪的日式平房相比，顯得相當狹窄。室內空間為四坪左右的起居室，加上旁邊的一間和室。從鋁框的窗戶可以看到建設中的堤防，迷你玩具般的黃色工程車來來往往。房間裡擺了幾張照片，其中的老先生應該是她過世的丈夫，另外也有熱鬧的家庭合照和孫子的結婚照。只有從小型佛壇飄來的線香氣味，仍舊和那天的盂蘭盆節相同。

富美婆婆將裝滿點心的盤子端到我面前。

「啊，不用麻煩了！」

「年輕人不要那麼客氣。」

富美婆婆在餐桌對面坐下。我雖然下定決心來訪，卻想不出適當的話題，只能勉強延續對話。

「您搬家了吧？我們上次造訪的是更接近下町的地方……」

「那一帶已經淹到水底了。」

富美婆婆若無其事地說。

「……對不起。」

我不禁道歉。

「你為什麼要道歉？」

富美婆婆似乎覺得很滑稽，我卻無法正視她，只能垂下視線含混不清地說：

「也是……」我到底有什麼資格說什麼？我不禁想要說出一切：是我害東京失去了晴空。是我任性的決定，奪走民眾居住的場所、奪走太陽。但是，說這些又有什麼用？我知道這樣做只會讓富美婆婆困惑。

「——你知道嗎？」

富美婆婆忽然以柔和的聲音開口。我抬起頭，只見她從盤子裡拿了巧克力派，邊撕開包裝邊繼續說：

「直到不久前——大概是江戶時代左右吧，東京的那一帶原本是大海。」

「真的嗎？」

「江戶本身就是海灣。從地名就看得出來吧〈註12〉？海灣的門戶是東京。是人類和天氣逐漸改變了這塊土地。」

富美婆婆說完，把撕開包裝的巧克力派遞給我。不知為何，我心中產生奇妙的感覺，覺得她好像把很重要的東西傳遞給我。

「所以說——我覺得，到頭來只是恢復原狀罷了。」

富美婆婆望著窗外的堤防，以好像在懷念什麼的表情說道。我無法找到適當的句子回應，只是注視她刻著皺紋的側臉。

——恢復原狀？

換作那個人，不知道會怎麼說。我很想聽聽他的意見。

「什麼？在那之後你就一直在想這種問題？都要念大學了，還是跟小鬼一樣。」

眼前的中年大叔裝出忙碌的樣子敲著鍵盤說話。

「怎麼可以說『這種問題』……」

我忍不住抗議。原本以為這個人應該會理解我，所以才鼓起勇氣找他，可是這個中年人竟然惡毒地說：

「最近的年輕人越來越糟糕，日本也差不多完蛋了。」

「可是，那時候我們——」

「你要說，是你們造成的？是你們改變了世界的樣貌？」

這個中年人以由衷傻眼的口吻說完，總算從螢幕抬起頭看我。他把時尚的眼鏡拉到頭上（不過那一定是老花眼鏡），一雙看似輕浮的細眼睛瞇得更細。

「怎麼可能？笨蛋。自我膨脹也要有個限度。」

須賀先生果然沒變。依舊穿著緊身襯衫，以慵懶的口吻批評我：

〈註12〉　江戶是東京的舊稱。海灣的日文在這裡用的是「入り江」，意指海水或湖水進入陸地的地形。

「不要胡思亂想，看清現實吧！你聽好，年輕人常常搞不清楚狀況，不過一直凝視自己的內在也找不到任何答案，重要的東西都在外面。不要看自己，看看別人吧！你以為自己有多特別？」

「我說的不是這種話題——」

這時須賀先生的手機響起。他拿出手機，高興地發出「喔！」的聲音，接著把手機螢幕舉到我面前。

「你看你看！我上次跟女兒去約會！」

「……哇！」

我不禁喊出聲。映在畫面上的是拿手機自拍、對焦模糊的須賀先生，以及後方長大許多的萌花，另外還有一起橫比勝利手勢的凪前輩和夏美。前輩原本就是美少年，現在長高之後簡直像真正的王子。他已經上國中了。至於原本就是美女的夏美，雖然露出惡作劇的笑容，卻反而流露出成熟的魅力，變成更加非比尋常的美女。

「只可惜夏美和凪也跟來，滿礙眼的。這兩人莫名其妙變得很要好……」

須賀先生雖然如此嘀咕，卻顯得很高興。他仍舊沒有和女兒住在一起，不過和岳父岳母的關係並不壞。視須賀先生的工作狀況，也許在不久的將來他們就能夠一起生活。K&A企畫公司的辦公室搬到一間大廈，目前僱用三名員工，成為還算有個樣子的公司。身為老闆的須賀先生顯得很忙碌，或許不完全是裝的。須賀先生立刻轉為說教口吻說：

「你也不要想些沒意義的事，快點去見那個女生吧。你說你們從那天之後就沒有再見面？你之前都在幹什麼？」

「可是……你應該也知道，我一直都在保護觀察期間，不能造成她的困擾，而且就算要聯絡，她也沒有手機。還有，真的要見面的話，我會很緊張，也需要一個理由，又不知道該說什麼……」

這時聽到了鈴鐺的聲音，我曾經在某處聽過這個聲音。該不會是……正當我心跳加快，一團黑色與白色的毛球就從不知何處緩步走過來。牠先跳上椅子，再緩緩爬上須賀先生的辦公桌，一屁股坐下之後看著我。

「小……小雨？你變得好大……」

牠是原本是小貓的小雨。最初在巷子裡遇見牠的時候，牠才大概比手機稍微大一點，現在卻變得像相撲選手般巨大，體重大概有十五公斤，慵懶而壞壞的眼神跟須賀先生一模一樣。正在用鍵盤打字的須賀先生再度抬起頭，和小雨並排的表情簡直像父子。須賀先生以趕人的動作朝我揮揮手說：

「快去吧！現在就去。乾脆直接去那個女生家。你在這裡會妨礙我工作！」

「打擾了。」我說完，垂頭喪氣地走出辦公室，員工紛紛對我說「歡迎再來」。我不禁想問他們：「在這種老闆底下工作不要緊嗎？」

「喂。」

我正要打開出口的門，被須賀先生叫住便回頭。須賀先生像是嘆氣般露出苦笑，直視著我。

「青年，你也別那麼沮喪。」

「啊？」

「反正這世界原本就是瘋狂的。」

須賀先生以有些豁達的表情這麼說。

離開須賀先生的辦公室之後，我從新宿站搭乘山手線。山手線現在已經不是環狀線，中間夾著被水淹沒的地區，被切割成C字形。位在兩端的巢鴨站和五反田站之間，有開往各地的水上巴士。我沒來由地想要繞遠路，因此在五反田站下車，度過棧橋，轉乘雙層的船。船上的二樓座位沒有遮蔽，有幾個乘客跟我一樣穿著雨衣，眺望水上的風景。

「中午要吃什麼？」「之前開了新的餐廳。」「好期待週末去賞花。」日常的對話鑽入耳中。絲綢般細緻輕盈的雨降落在整片內海。航路的東側似乎原本是住宅區，有幾棟建築屋頂露出水面。這幅景象讓我聯想到在遼闊的牧地睡覺的羊群。無數的屋頂從漫長的勤務得到解脫，看起來好像也鬆了一口氣。

『下一站，田端。田端。』

船內廣播以悠閒的聲音播報站名。隔著雨水，我看到通往陽菜家的斜坡。

我脫下雨衣，撐起傘走在細長的斜坡上。

這是那年夏天走過好幾次的路。右邊堤防上排列著一棵棵半開的櫻花樹，左邊底下則是開闊的景觀。那裡過去簇集著軌道和建築，現在變成連結太平洋的內海，水面上有許多建築探出頭來，新幹線的高架橋宛若巨大棧橋般筆直延伸。綠色藤蔓和色彩鮮豔的野花纏繞在這些被拋棄的巨大水泥塊上，宛若新的主人。

「這裡原本是大海——」

我眺望著這幅景象，喃喃自語。

「世界原本就是瘋狂的……」

我聽見雨點打在大地的聲音、春天小鳥的啼叫聲、水上巴士的引擎聲、遠方汽車與電車的噪音、自己的運動鞋踩在濕漉漉柏油路上的腳步聲。

我從口袋取出戒指凝視。這是小小的翅膀形狀銀色戒指。如果能夠再次見到她——該說什麼？

「所以說，這個世界變成這樣，不是任何人的錯。」

我試著喃喃自語。這樣說就行了嗎？她想要聽的是這句話嗎？東京原本是大海。世界原本就是瘋狂的。

這時水鳥突然飛起來，我不經意地往那邊看。

接著，心臟劇烈跳動。

她在那裡。

在斜坡上，沒有撐傘，雙手交握在一起。

她閉著眼睛在祈禱。

在毫無停歇的雨中，陽菜朝著淹沒的街道祈禱著某件事。她期望著某件事。

不對，我像是清醒過來般想到——

不對，不是這樣。世界並非一開始就是瘋狂的，是我們造成了改變。那年夏天，在那片天空，我做出了選擇。和晴空相較，我選擇陽菜；和眾人的幸福相較，我選擇陽菜的性命。我們許下心願，不論世界變成什麼樣子，我們都要一起活下去。

「陽菜！」

我高喊，陽菜看向我。這時吹起一陣強風。使櫻花花瓣亂舞的這陣風，吹落陽菜戴的帽子，綁成兩條馬尾的黑色長髮隨風飄揚。陽菜眼中泛起淚水，在此同時露出滿面笑容。這一瞬間，世界彷彿受到刺激，得到耀眼的色彩。

「——帆高！」

陽菜大喊。我丟下雨傘，兩人同時奔跑，她喜悅的臉孔朝我接近，來到我面前時，她便跳過來抱住我。這股力道讓我驚愕，但仍努力撐住沒有跌倒，抱著她轉了一圈。就這樣，我們面對面站著。我們笑著調整呼吸，陽菜一雙大眼睛仰望我。由於視線高度和以前不同，我才發覺自己長高了。看到陽菜穿著高中制服，也發覺到她這次真的是「即將十八歲」。

陽菜忽然露出憂慮的表情摸著我的臉頰問：

「帆高，怎麼了？還好嗎？」

「咦？」

「你在哭。」

這時我才發覺到，淚水如雨水般從自己的雙眼湧出。

妳是多麼地高尚。明明妳自己也在哭。

我是多麼地沒用。應該是我要問妳：「還好嗎？」

我對陽菜笑了笑，握住她的手，以堅定的決心說：

「陽菜，我們——」

不論如何被雨淋濕，我們仍舊活著。不論世界如何變化，我們都會繼續活著。

「我們沒事的。」

陽菜的臉彷彿受到陽光照耀般綻放光輝。雨滴輕輕撫過我們牽著的手滑落。

後記

這本《天氣之子》是我擔任導演的二〇一九年動畫電影《天氣之子》的小說。記得在剛好三年前出版的《你的名字。》後記中也寫過類似的話。跟當時一樣，電影尚未完成。我一方面對遲遲看不到出口的製作工作感到焦慮，一方面在進行後製配音的工作（目前剛好是電影上映的兩個月前）。在這當中，小說比電影早一步完成。寫這本小說的目標是希望讀者即使沒看過電影也能充分得到閱讀樂趣，不過在此我想要借用篇幅，寫下包含小說版和電影版《天氣之子》的故事由來。

（後記中會稍微提到最後一幕，如果擔心洩漏劇情，請先閱讀小說。）

想到這個故事的契機，是因為上一部電影《你的名字。》成了遠遠超乎製作者預期的賣座電影。雖然「超乎預期地賣座」這種說法感覺滿討人厭的，不過對我來說，真的是很懸殊的差異。在《你的名字。》上映的半年多期間，我是第一次受到那麼多人矚目、受到那麼多樣的評論。在家吃飯時，電視上有所謂的知名人士在評論這部電影（感覺好像被鄙視了），在居酒屋喝酒時也聽到有人在談論感想（被鄙視得滿嚴重的），甚至連走在路上時，都聽到電影的名字（還是被鄙視了）。社群網站上充斥著大量評論，雖然有很多人喜歡，不過我也看到滿多人表達激烈的憤怒。在那半年當中，我一直在思考讓那些人生氣的理由是什麼，而那半年正是我寫《天氣之子》企畫書的期間。

雖然沒有從這樣的經驗得到明確答案，不過我自己內心做出了決定，那就是「電影不是學校的教科書」。我到這時才重新體認到，電影（或者更廣義的娛樂）不需要是正確的、模範的，反而應該談課本沒有談的東西，譬如讓人知道了會皺眉的祕密願望。我要使用和教科書不同的語言、和政治家不同的語言、和評論家不同的語言來談，要以不同於道德或教育的標準來寫故事。這才是我的工作。如果因為這樣受到斥責，那也沒辦法。我只能將真實的感受寫成故事。這樣的決心或許來得太晚，不過《天氣之子》就是基於這種心情寫出來的故事。

這樣堅定信念後寫出這部作品，老實說非常愉快。這是我自己也感到興奮的冒險，完全不去想「適合男女老幼的暑假電影應有的格調」之類的事。故事中的主角們與顧忌、揣測、慎重無緣，直到電池用完之前都毫不保留地使出全力，而我似乎就在他們的催促下完成劇本。我花了十個月把劇本製作為分鏡（電影設計圖），花四個月寫出這本小說。花了一年半的時間後，電影也終於要完成了。

說到電影版與小說版的差異，基本上兩者是相同的，但小說有滿多電影沒有的描繪。這不是因為在電影中無法完全呈現（電影版我也自認為已沒有不足之處），也不是小說版提供了特別內容，而是起因於電影與小說兩種媒體的差異。

譬如電影的台詞基本上越短越好（至少我是這麼認為）。因為電影台詞不是單純的文章，還會加上影像的表情與色彩、聲音的感情與節奏，還有音效和音樂等龐大的資訊量。做為核心的東西越簡單，越能夠讓裝飾發揮效果。但是小說沒有這些元素。電影的「內容」是故事，影像與聲音則是傳遞內容的「器皿」，但小說的「內容」與「器皿」是以相同東西做成的。因此，如果只是把故事寫成文章，無法成為小說（那只是劇本）。小說這種媒體無法將故事與表現手法分開，也因此即使是同一個人物的同一句台詞，電影版和小說版視情況會有不同的呈現方式。

具體而言就像這個例子：在接近故事高潮的時候，夏美朝著帆高喊「快跑」。在電影中，動畫的速度感、配音員的聲音、直到前一刻為止的機車排氣聲、下一刻的背景音樂等等元素結合在一起，光是這樣的台詞就構成令人感動的場景（希望如此）。不過在小說中，光憑一句台詞，很難得到和電影相同的效果。因此，小說需要加入各種比喻，而且在故事的前半部需要花一些篇幅描述夏美的人生。這是電影中完全沒有的部分，但是為了讓這一瞬間的場景不輸給電影，小說就需要增加這樣的手續。從結果來看，這成為只有小說版才有的內容，對我來說也帶來了寫作的喜悅。我希望對讀者而言，也能因此增加閱讀的樂趣。

關於《天氣之子》與音樂的關係——寫完這部作品的劇本時，我自然而然想要找的第一個讀者，就是RADWIMPS的野田洋次郎。我不是為了請他製作音樂，而是基於朋友關係把劇本寄給他，純粹想知道他對劇本會有什麼感想。

結果三個月後，我收到〈愛にできることはまだあるかい〉以及〈大丈夫〉的Demo曲。就結果來說，這正是我想要聽的「感想」。無論如何都想知道，可是憑自己一個人無論如何都找不到的言語，全都在這些曲子當中。我覺得自己好像意外

闖入了祕密的寶庫。就這樣，很自然地（不過回想起來其實滿任性而強硬地）請了洋次郎擔任《天氣之子》的音樂總監。

不過在此我必須老實地坦承一件事。事實上，我一開始聽到〈大丈夫〉時，覺得這首歌沒辦法用在電影裡，也這樣告訴洋次郎。單純只是想不到該用在哪裡。如果要在劇情中播放，歌詞與旋律感覺都太強烈。

然而事實上，一年之後，最初得到的這首歌幫了我大忙。

當時我正煩惱該如何呈現最後一幕。其他部分都已確定分鏡內容，進入作畫的程序。尾聲也已經把分鏡畫到須賀的台詞「反正這世界原本就是瘋狂的」，只有在這之後的最後三分鐘尚未完成。故事的發展在劇本中已經確定，但我仍舊無法掌握帆高與陽菜最後的情感。雖然試著做出最後的分鏡，但周圍的評價不是很好。

我持續煩惱了兩個多月，在和洋次郎討論最後一幕的音樂時，忽然談到還沒有使用的那首〈大丈夫〉。於是我重新聽這首曲子，受到很大的衝擊。

竟然全部都寫在這首歌裡面了。

沒錯。必要的東西、重要的感情，全都已經唱在最初拿到的〈大丈夫〉當中。

我幾乎是用從歌詞描摹的方式，畫出最後場景的分鏡，然後把一年前收到的這首歌放在那裡。畫出來之後，就覺得這個故事的最後場景沒有其他可能性了。

最後要說的是——製作電影的同時寫小說，最初是在製作《你的名字。》時，應製作委員會的要求而不情不願地開始。然而現在，我覺得這項工作就某種意義來說帶給我救贖。寫文章這件事純粹讓我感到快樂，從小說版也挖掘到一些可以帶回電影的東西。更重要的是，生活在這個世界的劇中人物讓我更加喜愛。除了身為作者的我之外，如果各位讀者也能喜歡這本書，那會是最值得高興的事。

另外在製作電影的過程中，我之所以能夠不時離開工作室去寫小說，都要多虧作畫總監田村篤領軍的荻窪工作室的動畫人員。他們強大的工作成效，讓我能夠安心執筆。實在是感激不盡。

謝謝大家拿起這本書，並且閱讀至此。

二〇一九年五月　新海誠

解說

野田洋次郎

現在是二〇一九年六月七日。打從接受寫解說的委託到現在，已經過了將近兩個月。還在製作電影原聲帶的四月上旬，導演詢問我能不能替這本《天氣之子》寫解說。我不是很清楚解說是什麼樣的東西，就回答他「如果能幫上忙，我願意接受」。我純粹是因為想要比誰都先讀到小說，才接下這份工作。

老實說，我現在心中充滿後悔。不論寫什麼都覺得不太妥當，每天都反覆寫了又刪除。我不知道適合這本小說的解說是什麼樣子，轉眼間就到了夏日全國巡迴演唱會的前夕。這種工作根本不是我這種人該接的。

也因此，我懷著有些豁出去的心情，打算一面回顧我和導演至今為止的工作，一面介紹這個故事。

導演最早把《天氣之子》的劇本寄給我，是在二〇一七年八月二十六日。當時剛好是《你的名字。》上映的一年後，感覺很符合天性浪漫的導演作風。接下來的大約一年半，我們一直在進行這個故事。劇中出現的樂曲最後總共有三十三首，大幅超越《你的名字。》的二十七首。我和分鏡中還無法活動也沒有上色的帆高與陽菜、以及新海導演一起在作品中旅行，持續對話，終於走到這裡。一年半的工作期間，我和導演大概往返了超過三百五十封郵件，也好幾次直接見面討論。討論配樂的時候，當然也會討論到角色的內心，譬如這個場景的音樂要配合誰的心境、從什麼觀點來配樂。導演個性溫柔、人很好，即使是等同局外人的我提出的意見，他也願意認真聆聽。

「（劇中人物的）他現在不知道在想什麼？」

「她會說這種話嗎？」

包含製作人川村元氣在內，大家會一起進行這樣的對話（硬要說的話，川村先生負責理論部分，我則負責精神論部分）。每個人心中都有確實存在的角色形象，討論時就會交戰。讀這本小說便會知道，在製作電影過程中成形的每個角色的個性與性格，在導演寫這本小說時變得更加清晰。這種感覺也像是自己在對答案。

小說和電影不同，每個角色會以第一人稱述說。在電影當中，帆高、陽菜的內心當然有不少描寫，不過須賀和夏美的心理描繪並沒有那麼多。如果要把所有東西都放進電影裡，不可能在一小時半之內結束。能夠聽見主角以外的人物內心的聲音，是閱讀小說最大的樂趣，也讓這個故事更為豐富。

前幾天，我吐露自己不知道該在解說當中寫什麼，導演就回應：「我想要知道你為什麼會為《天氣之子》付出這麼大的心力。這點讓我感到很不可思議。」

我思索理由，兩秒鐘就得到結論——因為那是新海誠的作品，而且新海導演願意相信我。就只有這個理由。我會毫無顧忌地挑選人，沒辦法對所有人溫柔；身體也只有一個，只能在有限範圍內發揮自己的力量。當然會有很多人討厭這樣的我，我也不在乎。不過能夠遇見值得信賴的人、得到一起創作新作品的機會，對我來說是無比快樂的事情。

創作時，要在自己喜愛的作品中反映出別人的意見或想法，其實並不簡單。即使領域不同，從事「創作」的人應該都能理解。創作時堅信只有自己懂這個故事、只有自己知道這個作品的正確答案——這樣的人應該也不少。但是，導演相信自己信任的人所說的話，這麼一來我也會產生必須付出自己所有能力的衝動（雖然我自己不知道是否真的已使出全力）。

讀完這本小說之後由衷的感想，就是這本小說的文章、角色的動作、言語、感情流動、以及在電影院放映的美麗畫面，全都是新海誠本人，也是透過新海誠映出的世界樣貌。我們可以自行決定這個世界的美醜、脆弱與悲傷。不論別人多麼自以為了不起地評論，談及世界的慘狀或以淵博知識稱之為「現實」來反駁，我們仍舊能夠自己定義這個世界。沒有人能夠束縛他人的內心。新海誠知道——新宿這個區域固有的美感、都會天空獨特的光輝、不論如何豪華的料理都無法勝過某人偶然提供的溫柔餐點。

我喜歡導演相信的世界，也喜歡他相信的堅強。人們為了在多到令人眼花撩亂的人與物當中生存，不知不覺會將自己標準化，茫然將自己的存在依附於世間類似「正確答案」的東西，然後感到放心。雖然這樣也不純然是壞事，卻會逐漸迷失自己內心與世間「正確答案」之間的界線。

導演乍看之下比誰都謙和、比誰都體貼，也很重視協調。像我這種人每次看到他，都覺得他可以（甚至應該）表現得更自大一點。不過，我想這是導演溫柔的本性造成的。

然而，不論如何著重外在形式、不論理性如何試圖與周圍及世間取得平衡，在他心中不能退讓的核心仍舊會顯露出來，無法克制地暴動、靜靜吶喊。在他心中存在著「不論誰說什麼都不會聽從的區域」，就像《天氣之子》的帆高。我就是受到這一點所吸引。

帆高知道陽菜的命運。在過去的歷史中，人類確實曾把活人祭品奉獻給神明，試圖得到安穩的生活。即使如此，帆高仍舊去救陽菜。他的世界需要陽菜。即使世人無法接受這個故事的結局也沒關係。我想帆高耿直的個性，正反映了導演本人的姿態。

導演創作出《秒速五公分》、《言葉之庭》等多部名作，又以《你的名字。》取得票房上的大成功，這次則以更大的自信、可靠的員工、堅如磐石的技術，製作出這部作品。在我看來，導演過去的作品，不知是出於美學的考量、或是靦腆、或是對觀眾的顧慮，故事結局總有些變得膽小的傾向（我有點擔心自己是否真的可以這麼坦率地批評），不過在這部作品中，導演似乎對自己的想法堅持到底。他和帆高名副其實地合為一體去救陽菜。我得到這樣的印象，並且為此感到高興。

在片尾工作人員名單出現時，播放的是〈大丈夫（Movie edit）〉這首歌。大概在去年十二月，（自稱）從這首歌的歌詞得到靈感的新海導演重新畫出最後場景。我不禁感受到自己背負了很重大的責任，好一陣子覺得肚子裡好像有沉重的鉛塊。直到四月中旬為止，我都在交涉希望把劇終的曲子換成別首，不過導演到最後都沒有退讓，堅持要用這首歌結束電影。他的眼神一如平常，和這一年半以來看到的一樣直率。

他說，聽到「想要成為妳的倚靠（暫譯）」這句歌詞、看完這部電影的觀眾，最後一定會得到救贖。

〈大丈夫（Movie edit）〉是為了《天氣之子》所寫的曲子。這是帆高與陽菜的曲子，為了在這個世界意外被命運玩弄的兩人而唱。然而，我不知道這首歌最後是否能成為觀眾的曲子。

「只有我看見，世界扛在妳小小的肩膀上（暫譯）」——我不知道觀眾是否會接受這句話，當成屬於自己的歌詞。不過讀了這本小說，我覺得我理解到，所有人都擁有只屬於自己的世界，在這個世界當中拚命努力生活。擁有自己的任務、背負著某種責任，天天將自己這個獨一無二的生命從今天延續到明天——這樣的人不只有陽菜而已，所有人都掙扎著生活在只屬於自己的這個「世界」裡。我了解當有人在近處看著自己這副模樣時，會感到多麼可靠與安心。「有人看著自己」「有人知道我這個微小的世界」「有人會問我：『還好嗎？』」——我了解這樣的想法會成為多大的支柱。每個人看到最珍惜的人掙扎的模樣，就會希望「自己能夠成為這個人的倚靠」。

我想這首〈大丈夫（Movie edit）〉就是這樣的歌。導演讓我明白自己這首歌的意義。

新海導演，謝謝你。

（RADWIMPS illion）

我們就像是，
被拆散在外太空與地球的戀人——

星之聲

新海誠／原作　大場惑／作者　黃涓芳／譯

寺尾昇和長峰美加子是很要好的國中同學，但在國中三年級夏天，美加子獲選為聯合國宇宙軍的成員，身處地球與外星球的兩人只能透過手機郵件聯繫。不過，隨著美加子離地球越來越遠，郵件傳遞所需的時間也越來越長……相距光年的超遠距離戀愛物語。

定價：NT$260/HK$78

輕文學
Light Literature

即使懷抱失去的痛苦，也要繼續活下去。
那是上天賜予人類的詛咒，但也是一種祝福。

追逐繁星的孩子

新海誠 / 原作　　あきさかあさひ / 作者　　許婷婷 / 譯

與母親相依為命的明日菜，遇見了來自雅戈泰的少年瞬，兩人建立起心靈相通的關係，瞬卻悄然離開人世。接著，和瞬幾乎是同個模子刻出來的少年心，以及追尋雅戈泰的教師森崎，出現在希望能跟瞬再次見面的明日菜眼前。三人懷抱著各自的目標，在傳說能將死者復活的國度展開旅程……

定價：NT$260/HK$78

國家圖書館出版品預行編目資料

天氣之子 / 新海誠作 ; 黃涓芳譯 .
-- 初版 . -- 臺北市 : 臺灣角川 , 2019.09
面 ; 公分 . -- (角川輕 . 文學)

譯自 : 天気の子
ISBN 978-957-743-322-0(平裝)

861.57 108014205

輕文學 Light Literature

天氣之子

原著名＊天気の子

作　　者＊新海誠
譯　　者＊黃涓芳

2019 年 9 月 11 日　初版第 1 刷發行
2024 年 7 月 5 日　初版第 17 刷發行

發 行 人＊台灣角川股份有限公司
總　　監＊呂慧君
總 編 輯＊蔡佩芬
主　　編＊李維莉
設計指導＊陳晞叡
美術設計＊邱靖婷
印　　務＊李明修（主任）、張加恩（主任）、張凱棋、潘尚琪

台灣角川

發 行 所＊台灣角川股份有限公司
地　　址＊104 台北市中山區松江路 223 號 3 樓
電　　話＊（02）2515-3000
傳　　真＊（02）2515-0033
網　　址＊www.kadokawa.com.tw
劃撥帳戶＊台灣角川股份有限公司
劃撥帳號＊19487412
法律顧問＊有澤法律事務所
製　　版＊尚騰印刷事業有限公司
I S B N＊978-957-743-322-0